天下无妖

唐僧的私密日记

徐　玲/著

山西出版传媒集团
希　望　出　版　社

徐玲作品荣誉榜

作品《流动的花朵》

中宣部第十一届精神文明建设“五个一工程”奖　2009.9

入选共和国成立60年18种影响力经典童书　2009.9

入选中国儿童文学原创60年10种好书　2009.10

江苏省作协全国优秀文学奖嘉奖作品　2009.11

江苏省第七届“五个一工程”荣誉奖　2010.1

入选2009年全国农家书屋重点图书　2010.1

入选2010年新闻出版总署向全国青少年推荐百种优秀图书　2010.4

入选2010年—2011年全国农家书屋重点图书　2011.1

第三届“三个一百”原创出版工程　2011.11

作品《幸福的花朵》

冰心儿童文学新作奖　2009.11

作品《神奇小子汤吉儿》3部

苏州市第七届“五个一工程”入选作品奖　2008.1

作品《我的红狐狸妹妹》

苏州市第八届“五个一工程”入选作品奖　2010.1

作品《31天忽视被爱》

第24届陈伯吹儿童文学奖　2011.5

西游新语

观音菩萨给我安排的保安居然都不是人，先是一只猴子，接着是一头猪。最气人的是，八戒竟然比我聪明。

这几天总感觉又有妖怪想吃我，心里总是七上八下的。端着钵盂吃饭的时候，我就想，现在是我吃饭，下一顿我会不会变成饭被别人吃？

看他们以后还敢不敢违反纪律！要是他们身上再出现不文明现象，我就再在开饭前开会，呵呵。

观音菩萨安排我当你的大徒弟，主要任务就是在遇到危险的时候救你，你老是自救，这么能干，那还要我这个神通广大的大徒弟干什么？

从小到大，没有一个人对我这么好，只有师父！师父不嫌弃老猪吃得多，不嫌弃老猪打呼噜，不嫌弃老猪发牢骚，师父是天底下最好的师父！老猪要是没有了师父，那就相当于身体没有了脑袋，怎么活呢？

有一次，牛魔王的表弟在田埂上烤癞蛤蟆吃，一不小心烧掉了一棵秧苗，坐了三百五十九年牢呢！要不是牛魔王求情，真得坐三百六十年整。

自从唱了大唐的歌，我们再也没有心思去做那些伤天害理的事了，我们成了不称职的妖怪，年终考核时被定为“不合格”，奖金一分没拿到。

——金角大王、银角大王

现在，我每天学习语数外，学习织毛衣和纳鞋底，还学习种菜。你知道吗？我种的黄瓜比扁担还长，吃都吃不完，只好送人。我经常做善事，帮助老人干农活，教小孩读《诗经》，还到福利院做义工，每天都过得很开心、很充实。

——白骨精

我的家乡有一座山，叫大唐山，山上有一个洞，叫藏经洞。听说那是一个无底洞，一直走一直走，可以走进东海龙王的宫殿。小时候，我不敢进洞，举着蜡烛、别着匕首都不敢。实际上，谁都不敢进去。直到有一天，我发现自己长得跟妈妈一样高了，就决定勇敢地闯一闯，去藏经洞溜一圈，说不定能遇见帅气可爱的龙太子。才进去几十丈远，我就捡到一个土黄色的本本，打开一看——晕了，居然是唐僧先生的私密日记！啊哈，精彩，绝对精彩！拂开尘土，随便摘一些给你们看看……

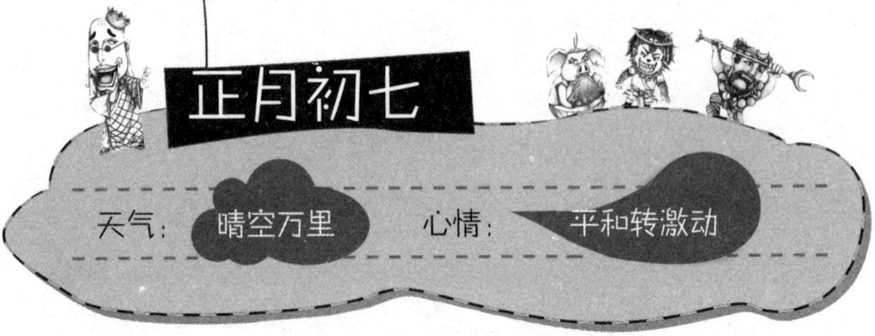

稀里糊涂的，又一年过去啦。过去的那么多年，我的日子怎么就过得那么平凡呢？没有一点新奇，没有一点刺激。如果我的一生注定就这样过去，没有一点儿轩然大波，那是一件多么无聊、多么遗憾的事啊！

今天是新年头一天上班，大唐皇帝李世民的心情跟阳光一样灿烂，他率领文武百官在市民广场听我讲经说法。也不知道是因为我讲得好，还是因为我长得帅，老百姓越聚越多，掌声排山倒海，我成了万众瞩目的偶像。正在李皇帝听得如痴如醉朝我频频点头的时候，人群中突然冒出一个头上没多少毛、脚上没穿鞋子的和尚。他笑我只会讲小乘教法，不会讲大乘教法，还说在西天天竺国大雷音寺如来佛那儿有大乘三藏真经。我一冲动便说要前往西天求取真经，再回大唐讲大乘教法，帮助老百姓提高思想觉悟，把大唐建设成全世界最文明、最和谐的国家。老和尚笑得稀里哗啦，现出真身。妈呀，居然是观音！

观音是女的吧，我最怕女的了。阿弥陀佛！

围观
群众...

正月十五

天气：好大的风　　心情：兴奋、担忧

李世民敬佩我要去西天取经的义举，非要和我结拜成兄弟。我当然求之不得喽。虽然富贵如浮云，但我还是希望自己能过得好一些。

今天是元宵节，宫里宫外热闹非凡，我却要动身了。昨夜失眠，早上我就赖在床上不想起来，觉得自己在走一步险棋。毕竟，西天那么遥远，有那么多不可预测的状况，心里多少有些忐忑。但是和尚一言，驷马难追，我拍了胸脯说要为大唐百姓取得真经，怎么能临阵脱逃？

我走的时候，风大起来，我的眼里进了沙子。世民哥哥挽着我的手说：“你不要哭、不要伤心，你再哭我也要哭了，我一哭全世界都会哭的。”世民哥哥亲自敬我酒，和尚不能喝酒，他于是改敬酸奶。我一饮而尽，喝完了问他是什么牌子的，他说反正不含三聚氰胺。世民哥哥亲手喂我两个汤圆，我吃进去了都不知道是什么馅儿的，因为太激动了。世民哥哥千叮咛万嘱咐，去往西天的路坎坷不平，要我多多保重。我接过他给的身份证和护照，骑上马绝尘而去。

我的背影一定酷毙了。

正月十八

天气：小雨淅沥　　心情：费解

我感到有点紧张，荒郊野岭到处都是野兽的怪叫声。

一整天都在下雨，淅沥淅沥，烦死了。吃晚饭的时候，我放下架子好心好意给世民哥哥派给我的两个保安夹菜。他们一个也不吃，居然跪在地上求我放他们回去，哭得一把鼻涕一把眼泪。看他们那么可怜，我的心都要碎了。我说万里长征咱们才走了第一步，凭什么回去？他们说不想死那么早、那么狼狈。我的后背一阵阵发凉。我知道不可以让他们当逃兵，他们就算逃回去，世民哥哥也不会放过他们。

为了给他们鼓劲儿，断了他们当逃兵的念头，我顾不上旅途颠簸的劳累，一心一意给他们讲小乘教法，晓之以理、动之以情，结果他俩没听进去什么，反而呕出来不少东西。

这年头，国民素质怎么就这么低呢？看来，去西天求取真经，回大唐教导百姓的事迫在眉睫。

我绝对不能放弃！

正月二十三

天气：阴　　心情：郁闷转欣喜转郁闷

我发烧了，原因是世民哥哥送给我的两个保安没了。我亲眼看见妖怪把他俩撕得粉碎，像大臣们吃牛肉一样大口大口把他俩吃了。我发烧还是正常的，不发疯已经很不错了。

当我晕头转向地继续赶路时，从密林里突然窜出两只老虎。我以为这下该轮到我没了，结果勇敢的猎人射死了其中一只，另一只识相地逃走了。

我抓住那个猎人就像落水的妇女抓住救命的稻草一样，我给他讲小乘教法，企图说服他陪我去西天取经。可是我唠叨得嘴唇发麻、头皮发胀，他都没动心。怪不得苍生难度，一个小小的猎人我都启发不了。汗！

就在我体力不支以为自己很快就要一命呜呼的时候，有人叫我"师父"。哎呀，我还以为是一只花皮球，没想到是一只被巨石压着的花脸猴子。

我说："你搞错没有，你是猴子我是人，你怎么叫我'师父'？"猴子说是观音菩萨让他这么叫的。

前生五百次的凝眸，才能换取今生一次的擦肩。看来，我和悟空的缘分不浅。

我终于有个伴了，猴子就猴子吧，总比蚂蚱好。我念了咒语将他从巨石下救出来，他对我跪了拜、拜了跪，看上去很有教养，说要保护我去西天取经。

但马上我就看出来他没有教养了，因为他从耳朵里掏出金箍棒，三下五除二就将一伙强盗打死了，连审问、画押的环节都免了。我说他几句，他还给我脸色看。

哎，让着他点儿吧，找个保安不容易。

二月初二

天气：晴朗　心情：激动

今天，我和悟空经过蛇盘山的时候，突然从旁边的河里窜出一个怪物，张牙舞爪地朝我扑过来。危难时刻，悟空机灵地把我抱了起来。

等我回头看时，却发现我的白马不见了。呀！那怪物居然吃了我心爱的白马！没有马，我怎么去西天？

我坐在地上呼天抢地。

悟空十分同情我，挥动金箍棒在河里拼命搅和，还一个劲儿地骂："你这妖怪，还我白马！"

过了一会儿，怪物腾出了水面。这回我看清楚了，是一条银光闪闪的龙耶！

一阵打斗后，那龙吃不消了，变成蛇钻进我身边的草丛里。

我好怕蛇，赶紧站起来跳脚。

悟空喊出了土地神，这才知道那龙其实不是妖怪，而是观音菩萨救过的一条玉龙。

我听了连忙对悟空说："那龙的后台是观音菩萨，咱们惹不起，别惹了。"

“那不行，”悟空倔强地说，“我一定要他还我白马！”

正说着，观音菩萨就来了。

原来，那龙是西海龙王的三太子，因为犯了错，才被罚到这儿的。菩萨要他在这儿等取经人，争取立功赎罪。

这时候，小龙又出现了。

菩萨用手中的杨柳枝蘸了甘露往他身上一洒，小龙立刻变成了一匹白马。

哇！跟我原先的白马一模一样。

“这马归我了吗？”我激动地问菩萨。

菩萨很有气质地点点头。

我兴奋不已，哈哈大笑。有了这匹与众不同的白龙马，我一定能顺利到达西天！

做人要淡定，淡定才能成大器。

于是我努力让自己平静，很有风度地跟菩萨挥手告别。

谁知悟空一把扯住菩萨的衣角：“不行啊，不行啊，去西天的路那么漫长、那么崎岖，又这么多灾多难，我还要保护一个凡僧，太没意思，我不去了！请菩萨另外找人吧。”

“哎呀，没事儿的，”菩萨柔声细语道，“你尽力就好。在最艰难的时候，我会亲自来救你们的。”

“这可是你说的！”悟空开心了，“别忘了哈！”

观音菩萨微笑着离开了。

三月十三

天气：小雨转阴　　心情：比较兴奋

没想到我能再有个徒弟，虽然是一个人模猪样的家伙。

今天，我收了他。

可我不明白，为什么好端端的人会长一副猪样？更不明白的是，他长成这样还一点儿都不自卑，反而很自信。

我们经过小河边时，正在洗衣服的大姑娘和小媳妇一看见八戒就躲。八戒却大大方方地迎过去说："姐姐们，难道你们见到我这个特别的帅哥就没有一点儿好奇吗？我愿意回答你们的任何疑问。"

大姑娘和小媳妇吓得连鞋都忘了拿就跑掉了。

八戒抱着一堆鞋走过来，问我要不要一家一家地去送。

我拍拍他的肩膀说："不必那么辛苦，你把鞋放在小河边，等咱们走了，她们自然会来取。"

切不可以貌取人。

但是，我面对八戒时很不习惯，他的模样让我很想笑。

尽管我表面上不说什么，也没显露出不是很喜欢他的表情，但在内心深处，我多希望自己的徒弟能长得帅一点。当然，帅要有分寸，绝对不可以比我还帅。

三月二十六

天气：多云　　心情：一般

观音菩萨给我安排的保安，居然都不是人，先是一只猴子，接着是一头猪。最气人的是，八戒竟然比我聪明。

今天走路累了，我们师徒三人歇下来。八戒要睡觉，悟空说不可以睡，会着凉的，不如来做脑筋急转弯吧。八戒说他的脑子不够用。

我教育他说："人有八万四千种烦恼，可以归为贪嗔痴三种，最后可以浓缩为痴。痴是指无知，这是人生最大的愚蠢。"

八戒被我唠叨得直打喷嚏，连忙嚷嚷着要悟空出题，说不相信自己是愚蠢的猪。

悟空出的第一个题目是：什么鬼成天腾云驾雾？

我想了想说，什么鬼都会腾云驾雾。

悟空朝我摆手，弄得我一点面子都没有。

八戒却说是烟鬼，悟空立即变出一串香蕉奖励他，而我却只能咽口水。

悟空出的第二个题目是：闭上眼睛能看见什么？

这个问题难度太大，我的脑子根本不够用。

八戒略加思索，立即回答是梦。

悟空又奖励他一个滚圆的西瓜。

我说八戒不能吃西瓜，天凉吃西瓜容易胃疼。

八戒问我："师父，您是不是也想吃？"

顿时，我羞红了脸。

四月初六

天气：阴气太重　　心情：难过ing

前几天我又收了沙僧，赐名悟净。他是卷帘大将下凡，总算与众不同，是一个人，而且是男人。

今天路过白虎岭时，悟空用金箍棒打死了三个人，一个是花季少妇，一个是花甲老太太，还有一个是老太太的老公。

出家人要有善根，不可伤人性命。

悟空的行为令我忍无可忍，我于是念紧箍咒教导他。可他跟我狡辩，说那三个人都是妖怪，是白骨精变的。我听不下去，狠心赶他走。

他还真走了。我的天！

今天心情不好，少写点。

忏悔无用。

可是我真的好后悔啊，为什么把悟空赶走？他不在身边，我对他的思念如同长长的经卷连绵不绝。吃饭的时候，我对着钵盂轻声呼唤："悟空，你在哪儿？"赶路的时候，我对着茫茫树林呼唤："悟空，回来吧！"

为什么两个相爱的人，总会发生这样或那样的误会？

呜呜呜……（此处略去十万八千个"呜"）

五月十八

天气：小雨转阴　　心情：绝望转惊喜

我被妖怪掳进了洞里。

尽管对方长着黑布林一般的眼睛和樱桃模样的嘴巴，但我分明从她的眉宇间看出了几分邪恶。难道她是妖怪？应该是。

妖怪吩咐手下用消毒液把我洗刷干净，准备等会儿蒸熟了吃。有个手下说蒸了吃太清淡，应该炒着吃。妖怪于是点头说那就炒着吃，放点儿胡椒粉。另一个手下说还是炸了吃味道好，妖怪说那就炸了吃，但千万不要用转基因大豆油。

我的额头渗出密密层层的汗珠子。

我想起远在东土的世民哥哥，想起大唐听我演讲的粉丝，想起滑头滑脑的悟空，想起西方的大乘教法……我想了很多，于是觉得不能就这么等着被下锅。

我鼓起勇气对妖怪说，我想和她单独谈谈。

她居然爽快地同意了。

每个人生来都结有善根。我想方设法激起她的善根，问她爹娘何在，问她小时候最爱玩什么游戏，问她有没有难忘的故事，问她做过的最美的梦是什么……她被我问得眼泪扑扑簌簌地不断滑落，哽咽着说不出完整的话。

就在她被感动得一塌糊涂的时候，一个身影忽然闪出来，是悟空——我的爱徒！他终于回来了！

我惊喜万分，却见他拔出金箍棒，嚷嚷着“白骨精”，便朝妖怪硬生生地劈下去。

我高喊一声“手下留情”，金箍棒才没打下去。

悟空问我留着妖怪做什么，我说妖怪也是一条命，能不伤就不伤。

白骨精扑通一声跪倒在地，向我忏悔，告诉我被悟空用金箍棒打死的一家三口都是她变的。

原来我错怪悟空了，我真是脑子进水了！

我一把搂住悟空，在他毛茸茸的额头上吻了又吻。

白骨精当场立下誓言，说从此弃恶从善，老实当妖。

我激动万分，顾不上男人的尊严，撩起衣袖，使劲抹泪擦汗。

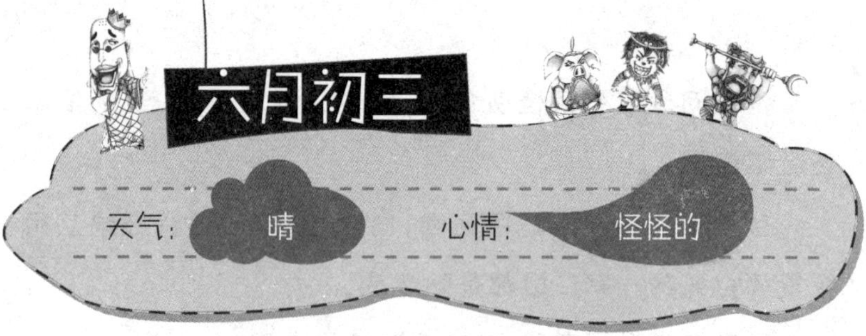

六月初三

天气：晴　　心情：怪怪的

昨天夜里发生了一些怪事。

八戒在睡梦中老是磨牙，一会儿嘎吱嘎吱，一会儿嚯嚯嚯嚯，一会儿吧唧吧唧，扰得我辗转难眠。

还有悟净，居然一晚上去了七趟茅房！

悟空也不正常，借着明亮的月色，我看见他睡着了眼睛还是睁着的，一眨不眨地望着我，我的汗毛都要竖起来了。

谁会遇见谁，前世早有安排，一切都是缘。

既然佛让我遇见了这些奇奇怪怪的徒弟，那就说明我们有缘。我要爱他们，要对他们负责任。我决定召开全体会议，时间定在早饭后。

我正襟危坐，要求他们三个像众星捧月般环坐在我跟前。

悟空说："我不喜欢像和尚打坐一般坐着，我喜欢跷二郎腿。"

我说："你本来就是和尚，而且还是大师兄，你应该成为八戒和悟净的榜样。"

八戒说："我也不喜欢这么坐，我喜欢把腿伸直了坐，最好身体跟腿成一条线。"

“你这头懒猪！”我忍不住说。

悟净最乖了，说师父让他们怎么坐，他们就怎么坐吧。

总算可以开始开会了。

我首先问悟空：“你睡觉为何睁眼？”

“那是因为我要随时保持警惕，看是否有妖怪靠近你。”他说。

我感动得鼻子发酸。

我对八戒说：“我看你肚子里有蛔虫，因为你在半夜磨牙，知不知道？”

“知道。”八戒笑着说，“我以为您睡着了，听不见呢。”

“他不是在磨牙，而是在吃花生米呢！”悟空检举道。

我哭笑不得。

最后我问悟净：“你是不是拉肚子了？昨夜去了七趟茅房。”

“明明是六趟，怎么会是七趟？师父，您数错了吧？”老实巴交的悟净说。

他竟然怀疑我数数的能力，这让我太没面子了！我数数一向挺准的，怎么会出错呢？

“师父，您把自己去的一趟也算进去了。”八戒说。

呵呵呵！他们笑话我。

我昨夜上过茅房吗？我怎么想不起来？

七月二十一

天气：多云　　心情：七上八下

这几天总感觉又有妖怪想吃我，心里总是七上八下的。端着钵盂吃饭的时候，我就想，现在是我吃饭，下一顿我会不会变成饭被别人吃？

世民哥哥当初送我的平心静气丸，我早就吃光了。也不知道大唐有没有快递公司，有的话让世民哥哥寄点儿过来多好！

今天，我们师徒四人走到一片林子里，发现眼前陌生的树上长着许多五颜六色的果子。

我唐僧好歹也是出来见过世面的人，陌生的树和陌生的果子见多了，却还没见过这么奇怪的果子。同一棵树上的果子不仅颜色不同，而且形状和大小也不一样，球形的、心形的、扇形的、拱形的，还有月兔样的、公鸡样的、山羊样的和猫样的等。

“这么多新奇的果子，咱们有口福啦！”八戒喜不自禁。

“二师兄，这些果子不像苹果不像梨，能吃吗？”悟净头脑挺冷静。

八戒揉揉肚皮咂咂嘴说：“怎么不能吃？要是我们不吃，让这果子在这深山老林里自生自灭，它们多没成就感？”

悟净想了想，说：“那是，那是。”

“师父您看，这果子真馋人，看我摘下几个，咱们先每人一个尝尝鲜。”八戒忍不住了。

“师父，这回我挑上一担，咱们一路走一路吃，可以吃上十天半个月。”悟净仰头望着满天的果子，幸福地笑着说。

“且慢。”我连忙阻止，“越是激动，越不能激动。咱们冷静一下，别被漂亮的果子迷惑了。万一是妖怪的鬼把戏，咱们吃了可就遭殃了。”

八戒不快活了，说：“你不要总是一惊一乍的，好不好？一天到晚‘妖怪妖怪’的，真扫兴。你不敢吃我先吃。”

这猪只要一遇到吃的东西，眼睛里就没我这个师父了。

我正思忖着怎么教育他，悟空突然从树上跳下来，手上抓着一条血红血红的鲤鱼。

“阿弥陀佛。”我的心跳得飞快，胃里一阵翻腾。

“这不是鲤鱼。”悟空说，“这是树上的果子，只不过长着鲤鱼的模样。”

“我明白，就像厨师把土豆做成童子鸡的模样，一个意思。”悟净说。

八戒把整张脸凑到鲤鱼果子上，鼻头发出巨大的噗噗声，口水瞬间就从嘴角流了下来。

“呆子，你尝尝。”悟空说。

“尝就尝。”八戒说着便张开大嘴。

我迅速夺过鲤鱼果子。没想到这果子很轻很轻，跟一把云朵的分量差不多。

“师父，你都这么大岁数了，还跟我抢食，好意思吗？”八戒的猪鼻头一张一翕。

我正色道：“师父不是跟你抢，而是担心这鲤鱼果子有

毒。毒花最美，毒果最甜。这果子这么出众，一定不是什么好果子。”

“照这么说，那么师父也不是什么好人。”八戒跟我顶嘴，“你长得这么出众。”

这猪太可爱了，他夸我长得帅呢！一高兴，我就把鲤鱼果子给了他：“你尝吧，先尝一小口。”

“这么轻？吃多少个才能饱呀？”八戒嘿嘿笑着，抓起鲤鱼果子一口咬下去，果子立即瘪下去，随即又弹起来。

这果子还有弹性！

“咬不动。”八戒遗憾地说，“这果子太特别了。”

“你再咬，用牙齿使劲儿撕扯。”悟净教他。

“你试试。”八戒把鲤鱼果子递给悟净。

悟净龇着牙猛地咬下去——果子还是完好无损。

“哎呀算了，咬不动就一口吞。”八戒把鲤鱼果子拿过去，张开大嘴巴使劲儿塞进去。

奇怪的是，鲤鱼果子在他嘴巴里怎么也下不去。八戒被卡得口水泛滥、脸色发青，悟空在他后背使劲儿一拍，鲤鱼果子从八戒口中飞射而出，撞在附近一棵树的树干上，啪的一声碎了。

我们走过去，看见它变成了一张单薄柔软的皮。

“怎么会这样？”徒儿们大叫。

我的心跳继续加速：“我就说这果子是妖怪变的，你们

还不信。悟空，快用你的火眼金睛好好侦察一番，这究竟是何方妖怪，看有没有可能让我把他们教化向善。”

悟空把那张小小的软皮拿起来托在手上，再抬头瞅瞅满树的果子，抓耳挠腮不吭声儿。

八戒和悟净一左一右将我护住，但我还是有些害怕。

如果一个果子就是一个妖怪，那这片林子里该有多少个妖怪啊！我唐僧西去取经的步伐难道就要在这里终止？

我不甘心！

“猴子，看出端倪来了吗？”八戒等不及了，“到底是怎么回事？”

悟空跳到我们跟前，说：“我看清楚了，这果子不是妖怪变的。”

“那这是什么果子？”我问。

悟空说：“不知道。可能是玩具吧，只能玩，不能吃。”

“你有没有搞错？”八戒觉得不可思议，“树上结的果子只能玩，不能吃？一定是这果子还没熟，等熟了里面就长肉了，不会是这一副空皮囊。”

八戒说着便飞身上树，一连摘下好几个果子向下抛。令人匪夷所思的是，这些果子非但没有往地上落，反而慢慢飞过树梢，飞到天上去。

我们惊呆了。

只听说人可以腾云驾雾，没见过树上的果子还能腾云驾雾。不得了！

我们被吓得一愣一愣的，四个脑袋挨在一起说不出话来。

正在这时，树林里响起悦耳的马蹄声。白龙马驮着一封锅盖那么大的信过来了（我都没在意它什么时候消失的）。

我们心急火燎地拆开信，原来是世民哥哥给我的信！我好开心、好幸福！

上面写着：

御弟三藏：

你走之后，长安流行玩气球。这些挂在树上的气球是我送给你的礼物。如果你不开心，可以把它们拿下来放在脚下踩，很解气；要是你高兴，可以把它们绑在一起，用一根绳子拴住它们，你就可以随它们一起飞起来。我玩过，很不错哟。我会时不时给你安排小惊喜，哈哈！

旅途愉快！

原来这种果子叫气球。可是它为什么叫气球，在生谁的气呢？

十月初四

天气：阴　　心情：郁闷

今天，我感觉脚气复发了，痒得厉害——是左脚。骑在马上，我趁徒儿们不注意，把左脚抬起一点，再把身子下倾一些，悄悄地隔着靴子挠痒。

这样还不过瘾，我干脆把左脚抬到马背上，直接把手伸进去挠痒痒。

“师父，您在干什么？”

悟空的大嗓门吓了我一跳，我从马背上摔了下来，还好，没伤到骨头。徒儿们把我重新扶上马背。

“这么大岁数了，您骑马就骑马，还把腿搁马背上，耍什么酷呀！表演马术呢？”八戒唠叨着。

“就是，就是。”悟净附和。

我很老吗？我耍酷了吗？我只是长了脚气，想挠痒痒。

被误解的心，会越长越老。唉，谁叫我是“长老”呢！

十二月初四

天气：忽然飘雪　　心情：紧张

今天中午，悟空去化斋了。他刚走，白龙马突然不愿意走了，腾起前蹄一个劲儿叫唤。

我预感情况不妙。

谨慎细心方能免灾消灾。

“徒儿们小心，有妖怪！”我大声说。

八戒和悟净立即把我从马背上抱下来。

突然，天空飘起雪来，而且越下越大，像棉絮一般。

气温急剧下降，好冷。

腊月里下雪很正常，但温度下降得这么厉害，就不对劲儿了。

八戒从行李箱里翻出被褥，把自己裹得严严实实的。

这只猪，只想到自己，根本不考虑我也需要被褥。

我和悟净冷得嘴唇发紫，抱成一团。

“照这样……下……下去，我们会冻死的。”悟净说，“这荒郊野岭，连个避寒的地方都没有。”

八戒听见了，良心发现，立即把被褥张开，试图将我和悟净都裹进去。

可是不行啊，被褥裹了他，根本就裹不了我和悟净。

这时候又下起了冰雹，噼里啪啦很伤人，八戒把被褥顶在头上，为我们遮挡冰雹。

我觉得更冷了。

哈哈哈！一个声音嚣张极了。

站在我们面前的是一个透明的大冰坨，足足有十一二丈高！奇怪的是，这个大冰坨长着人的模样，有手有脚还有头，还能说话。

“唐僧，我终于等到你了！”他的声音怪吓人的，“听说吃了你的肉，可以长生不老。嘿嘿嘿，我老冰也有这样的福气，真是天助我也！”

八戒和悟净挺身而出，将我挡在身后。

“你是哪路妖怪？居然口出狂言，想吃俺天蓬元帅的师父！”八戒大喝。

“妖怪，让你见识见识我卷帘大将的厉害！”悟净说着，挥动降妖杖，飞身朝妖怪劈去。

妖怪伸出一只手，轻轻一推，隔着空气就把悟净击退了。

看悟净敌不过妖怪，八戒抓着钉耙站出来，狠狠地扫向妖怪的腿。

妖怪抬起一条腿，隔着空气又将八戒踢得老远。

寒气逼人！妖气逼人！

悟净和八戒站起来再战。

我原地打坐，顾不上彻骨的寒冷，只全神贯注念经，希望能助徒儿们一臂之力。

可是没过多久，八戒和悟净彻底败下阵来，都坐在地上摸屁股。

妖怪走过来，伸出长长的手臂要掳我。

我略加思索，战战兢兢，但还是口齿清楚地说："一个冷冰冰的唐僧，有什么好吃的？营养都冻坏了，你吃了也达不到长生不老的目的。"

"你说得有道理，"妖怪在我面前蹲下来，仿佛看一个孩子一样，"那怎么样你的营养才不会被破坏呢？"

我说："请为我生一堆火，使我暖和起来，等到我的嘴唇变成樱桃红色，你就可以吃我了。"

"生火？就没有别的办法吗？"妖怪有些为难地说。

"这是最简单的办法。"我说。

妖怪陷入沉思。

我知道，他是一个冰坨，生火对他来说太危险了。

"嘿，你就听我师父的吧！我师父从来不说谎。"八戒朝妖怪喊。

"不然你就别吃我师父了！"悟净喊。

妖怪想了想说："我去生火。"

没过多久，妖怪搭了一个简易的草棚，抱来一些干柴，生了一堆火。

火焰熊熊，我和八戒、悟净围着火堆取暖。

妖怪远远地看着，不敢靠近。

只要靠近火堆一会儿，他一定会融化的。

趁他不注意，我从怀里掏出紫色的唇膏，火速涂上。

这样一来，即使我再怎么烤火，嘴唇也不会变成樱桃红色。

妖怪左等右等，见我的嘴唇还是紫色的，很着急，又抱来一大堆干柴。

这下火更旺了。

我们等待着悟空回来。

又过了一会儿，悟空终于回来了。他用金箍棒挑起正熊熊燃烧的干柴，密密麻麻地朝妖怪砸去。

妖怪难以招架，被火灼得开始融化了。

我们终于战胜了这个大冰坨。

听悟空说，这是一个冰妖，只会玩点儿小把戏。

呵呵，有惊无险。

二月二十三

天气：太阳很大　　心情：大悲大喜

晌午后，天空万里无云，周围春风徐徐，我骑在马上哼着小曲，徒儿们悠闲地跟着。突然，从天空掉下个什么东西，刚好落在我的头顶上。

“师父，刚刚好像有个东西落在你的帽子上了。”悟净在后面喊。

我刚想伸手去摸，八戒连忙阻止：“师父别动，可能是一坨粪便，鸟的粪便！”

我的心猛地往下一沉。怎么会这么倒霉呢？粪便落在头顶上，那是一件非常非常不吉利的事情啊。西行的路上，我在一言一行上都很注意图吉利，这会儿居然被粪便击中？苍天无眼啊！

这么想着，我竟然难过得想要掉眼泪。

“我唐三藏一路扶贫济弱、感化妖魔，不敢说好事做了一火车，一马车还是有的，怎么就让一堆污浊之物亵渎了头顶呢？这难道预示着我将有灭顶之灾吗？告诉我这是怎么回事？”

我自言自语，徒儿们却扑哧扑哧相继而笑。

“你们一个个都没良心。”我决定好好教训教训这三个歪瓜裂枣样的家伙，“为师还顶着一堆热乎乎的污秽物，你们竟笑得出来？真气煞我也！悟空，记得我给你缝制虎皮马甲的那个晚上吗？你发誓要生生世世敬我、爱我、保护我、维护我，这会儿怎么笑话我？八戒，那天你感冒发烧，软得像一堆泥，是谁借给你怀抱让你依靠？是我，我差点儿被你压成唐僧干。你可倒好，现在却笑话我。还有悟净，收你当徒弟的那天，你的鼻毛盖住了嘴巴，连吃东西都很麻烦，是谁不顾你脸上脏乱差，不顾其他人的反对，执意给你拔鼻毛的？是我啊！你个没良心的，跟着两个没教养的师兄傻笑什么！”

我越说越激动，感觉头脑阵阵发热。

“师父，你还好意思说虎皮马甲？都让你抢去穿过十三回了，每次不洗就还给我。”悟空嚷嚷。

“师父，你还好意思提你的怀抱？那次啊，不知道你身上擦了什么香水，熏得我感冒发烧变严重不说，还差点儿窒息而亡。”八戒大声说。

“师父，你还好意思说鼻毛的事？看你文文弱弱的，没想到拔起鼻毛来那么使劲，到现在我的鼻子还疼呢！”悟净嘀咕。

我气得都快中风了：“哎呀呀，你们一个个全都这么说！悟空，虎皮马甲是你自己硬要借给我的。每次都穿得臭烘烘才给我，其实是要我帮你洗。八戒，我根本就没洒香水，是你自己昏头昏脑地往鼻子里塞了薰衣草，臭美。还有悟净，你的鼻毛根深蒂固、肆意妄为、嚣张跋扈，我要是不使出浑身的劲儿，能把它们拔下来吗？到现在，我的手腕还疼呢！”

听我这么说，徒儿们才罢休，嗲声嗲气地叫唤着“师父”，一个个冲我表现出感动状。

我呼呼地喘着粗气。

悟空突然飞身而起，以迅雷不及掩耳之势摘下我头顶的帽子，递到我跟前。

“师父您看，帽子上的东西腾着热气呢，造型也很别致。”悟空细声细气地说。

不就是一堆鸟粪吗？能有什么好造型！我闭着眼睛不敢看，只用鼻头使劲儿嗅。

“闻出味道来了吗？”悟空问。

我连续吸了七十二下鼻头，然后摇摇头说：“没什么异味，倒是挺香。难道我的嗅觉出了问题？”

“师父，您用手摸摸。”八戒凑上来。

“对，摸摸。”悟净也这么鼓动我。

我冲他们大声喊：“你们安的什么心？污秽之物怎么可以叫我这清爽之人随便摸？你们这是玩弄师父，整蛊师父！”

“你不摸我摸。”悟空说。

“我还想用手指蘸着吃呢！”八戒说。

“留点儿给我！”悟净说。

我猛然睁开眼——

帽子顶上落着的，哪儿是什么鸟粪，根本就是一堆诱人的锥形蜂蜜。

我的四肢抽搐，内心激动不已。

惊喜过了分就是炸药，可我宁愿被炸。多好的蜂蜜，这得是多大的一只蜜蜂才能排泄出来的啊？

今天，我们师徒四人因吃了蜂蜜全拉肚子。

糟糕的是，我们的卫生纸不够了，不过周围有的是树叶。

更不幸的是，有人找我们算账来了——一个戴着黄色安全帽的男人，年纪跟悟净差不多。

“他是不是妖怪？”我问悟空。

这一阵，我一见到人（哪怕是其他动物）都怀疑是妖怪。

悟空歪着脑袋，说：“别怕。”

“到底是不是啊？”我提高嗓门。

悟空假装没听见。

“那个……蜂……蜂……蜂蜜是我那个……托……那个鸽……那个鸽……鸽子带……带……带那个给我那个小孩的……被那个你们……那个吃……吃……那个吃……吃吃吃了……你们赔……那个赔……赔……赔……赔那个钱……”

男人说话结巴，我听了肠子都要急断了。

“悟空啊，不管他是不是妖怪，你先想个办法把他的口吃治好吧。”我说。

悟空不乐意地说：“师父，你搞错没？善心不是这样发的。他说咱们吃了他的蜂蜜，要咱们赔钱。咱们给他治病，有这个必要吗？”

“就是，他要我们赔钱呢！”八戒嚷嚷。

“来者不善！”悟净说。

一提到钱，徒儿们就显得比较激动，一个个摆出铁公鸡的模样。这都是因为我平时勤俭节约，再加上教育有方，所以他们才会这么顾家。虽然有时起内讧，但在外人面前，胳膊肘还都是往里拐的。

“我们没钱。”

“那蜂蜜是你的吗？你又不是蜜蜂。”

“蜂蜜是自己掉到我师父的帽子上的，又不是我们去抢的。”

“就不给你钱。”

徒儿们说得很开心。

在气势上，结巴的男人已经输了。这下他说话更结巴了：“那个……没……那个……没……那个没……那个道理！你们吃……你们吃……那个你们吃……吃……吃……那个吃……吃……那个蜂蜜……”

“哎哟……”我捂住肚子说，“听他说话太费力，我的肠子吃不消，真要急断了。那个钱……那个钱重要还是……那个为师……那个为师……那个为师的肠子重要？”

“快点快点，师父都被传染口吃了。”悟净最懂事，“大师兄，听师父的话，赶紧给这位哥哥治口吃病，别让师父的肠子急断了。”

“师父的肠子急断了才好，我们就可以分行李解散，不必去西天了，多好。”

虽然八戒努力压低嗓门，但我还是听见了。

“阿弥陀佛，”我仰望长天，“师门不幸啊！”

悟空抓抓头发，从后脑勺拔下一根毫毛，嘴巴对准毫毛吹了一口气——毫毛立即变成了一棵药草。

男人死活不愿意吃药草。

为了帮助他，我命令徒儿们强行扒开他的嘴，将药草塞进去。但药草很快被他吐了出来，随即他摇晃着肩膀和脑袋，屁股对着我们射出一大团黄色的气体。

等我睁开眼，他已经没了踪影。

"是妖怪！"八戒拍着大腿喊，"我一开始就想，他戴的帽子那么雷人，绝对是妖怪！"

"还好，师父没被掳走。"悟净紧紧挽住我的胳膊说。

我抹抹额头上不小心渗出的汗，无奈地说："这世界，妖孽当道了。"

"咦？大师兄不见了！"

"大师兄！"

我这才注意到悟空不在跟前。

"悟空！"我大声呼唤，"师父喊你回来吃饭！"

"俺老孙来也！"

啪的一声，妖怪被悟空摔在地上。刚刚还坚硬无比的安全帽，这会儿摔成了两瓣儿。

八戒把摔坏的安全帽捡起来，心疼地说："猴哥，你摔妖怪就行了，为什么把这么结实的洗脸盆也摔坏？"

"这位妖怪，你姓甚名谁？家住何处？"我审问妖怪。

“我是一只刚刚修炼成妖的蜜蜂，三百年来居无定所，四处为家。”妖怪跪在地上一个劲儿求饶，“对不起对不起对不起，小妖有眼不识泰山，不知道高僧来自伟大的大唐，也不晓得高僧的法力如此高强。请放过我吧！”

“我说昨天天上怎么会掉那么一坨蜂蜜呢！原来你设计害我们！”我很生气地说，“你知不知道，我们吃了你的蜂蜜都拉肚子了，用掉了一整箱卫生纸。”

“我赔你们两箱。”蜂妖态度很好。

“为什么要戏弄和加害我们师徒？”我接着审问。

蜂妖哭着说：“其实小妖只想诈点儿钱，并不想伤害你们的性命。”

“你一个妖怪，要钱干什么？”我挺好奇。在我看来，妖怪需要什么只管随便变，钱也不例外。

蜂妖却说：“高僧有所不知，我只不过是个区区三百岁的小妖，根本没有能力变出钱财。可是，你看这一片茂密的油菜地，多好哇，我想把这块地买下来，这样我的子子孙孙就不愁吃，也就有固定的家了。可是，我没钱。”

“君子爱财，取之有道。”了解了原委，我的声音也变温和了，“你既然想造福子孙后代，就应该在言行上做子孙的榜样，怎么能坑蒙拐骗、拦路打劫？做人比做事重要。这样吧，你跟着我西行一段路，帮我们挑担煮饭、端茶递水、洗衣盖被。一个月后，我付你工钱，让你把这块油菜地买下来。”

“不不不，”蜂妖一个劲儿摇头，“无论如何，小妖不敢要高僧的钱，就算生生世世为高僧服务，也不可拿钱。”

“那这块地怎么办？”我问。

蜂妖想了想说：“我还是老老实实地酿蜜、卖蜜吧。虽然这样挣钱比较辛苦，攒钱慢，但是我相信，只要我们整个家族的蜜蜂都行动起来，团结一致，全力致富，我们早晚会有能力将这块油菜地买下来。”

“你说得好极了，有愚公移山的精神。”我由衷地感到欣慰，“徒儿们，你们听听，一个妖怪都能知错就改，都能这么有志气、有抱负，是不是令我们敬佩呀？”

“是。”他们齐声回答。

我吁了口气，再次仰望长天：“阿弥陀佛！”

世上最难教化的是人心，而非妖心。

我懂了，妖怪的心比人的心更容易教化，只是他们往往没有机会被教化。一旦有机会被教化，妖怪会变得比人更老实善良。

走在平顶山的山路上，我觉得周围有些阴森，便派悟空去探路。

悟空又派八戒去探路。

八戒偷懒，悄悄躺在大石头上睡觉，回来还编瞎话说探过路了，一切都很好，绝对没有妖怪。

悟空戳穿了他的懒惰行为，要他再去探路。

这一次，直到天黑了八戒都没回来。

难道妖怪捉住了八戒？我的心好痛。

我对着茫茫树林说："八戒，尽管你长得人模猪样，而且好吃懒做，但看在佛的面子上，我一定会把你救出来。"

"妖怪要的是我，不是八戒，你们用我去把八戒换回来吧。"我对悟空和悟净说。

我觉得自己有点儿悲壮。

他们当然不同意这么做。

就在我们商量着怎么营救八戒时，前面突然出现了一个尖嘴猴腮的男人，悲伤无力地喊着"救命"。

他说自己是前面一座道观的道士。昨天夜里，一只老虎叼走了他的徒弟，他在逃命的时候摔倒了，伤了骨头，无法走路。

见人有难若能及时相助，是莫大的功德。

我指派悟净驮他回道观，他却指名要悟空驮。

悟空不愿意驮。我说：“你不愿意驮，那我来驮。”

无奈，他只好驮。这只顽猴，倔头倔脑的脾气什么时候才能改得了？

可是，不一会儿就出事了——悟空被算计了。

我稀里糊涂地被卷进了山洞。

眼前的两个丑脸妖怪，身材魁梧，声音洪亮，一个头顶长着金角，一个头顶长着银角。

如果他们的角的的确确是真金白银，割下来就能建一座庙宇。

金银虽好，不如庙宇坚牢。

要是我也能建一座庙，那多有成就感。

“唐僧，听说你是金蝉长老下凡，是十世修行的好人，满身都是元气。吃了你的肉，可以长生不老。”金角说。

没想到他蛮识货的。

“唐僧，今天我们兄弟就要把你当做下酒菜，这是你的光荣。”银角说。

有没有搞错，被你们吃了还光荣？

银角笑着对金角说：“哥哥，我听说在离东土大唐不远的地方，有个叫日本的小国家，那里的人喜欢给牛放音乐，然后吃它们的肉。据说，听过音乐的牛，肉质非常好，外表呈大理石纹路，吃起来柔韧、肥嫩。”

“是吗？”金角很激动，“要是唐僧听过音乐，他的肉质是不是也会变得细嫩无比呢？”

“那是肯定的。”银角站起来，抖抖肩膀，一脸凶相望着我说，“唐僧，为了使你的肉嫩一点，好吃一点，下面我要唱歌给你听，请你在我美妙的歌声中放松心情。”

他说着，居然唱起了外国歌：“#&%#~@……”

在鬼哭狼嚎的“歌声”里，我感到恐惧，也感到匪夷所思。一个知道自己就要死的人，听着外国歌怎么可能放松心情？只会越来越紧张啊！

“%★&@#￥@~★&……”

我快要疯了！

但是我明白，绝不能就这么等死。虽然我知道徒儿们一定会想方设法来救我，但抓住机会自救，不是更好吗？老等着徒儿们营救，多没面子！

银角唱完一曲，我连说三声“好”。

他非常高兴，又一连唱了十几首歌。

其实他唱得太难听了，一会儿像母鸭上架，一会儿像饿狼哭丧，一会儿像狮子说梦话。

他还当自己是歌星，给我一个人开演唱会。

折腾了半天，他终于想休息一下了。

看他在找酒喝，我大声问："你知道东土大唐？"

"当然知道，地球人都知道，大唐的人均GDP全球最高。"银角说，"听说大唐的苹果特别甜，大唐的布料特别柔滑，大唐的姑娘特别可爱，大唐的云是白色的，大唐的鲜花能下酒，大唐的泥土是香的，就连地上长出的小草都会跳舞。"

"还有还有，"金角赶紧插话，"大唐的房子是方方正正的，大唐的桌子是方方正正的，大唐的鞋子也是方方正正的。"

我点点头，附和着："你说得对，我们大唐什么都是方方正正的，最方正的是大唐子民的心，从不生半点邪念。阿弥陀佛！"

"你牛什么？我们一会儿就吃了你。"银角叉着腰，指着我的鼻子嘟囔。

我的额头上冒出汗来，但我还是强作镇定地说："两位兄弟，通过刚刚一番交谈，我看出你们对我们大唐还是有所了解的。你们有所不知，其实大唐最美的是歌。"

"真的？那你会唱吗？快唱给我们兄弟听听。"金角兴奋地说。

"快唱快唱。"银角催促道。

我整整衣衫，说："我唱歌习惯坐着，坐得四平八稳。"

兄弟俩连忙给我让座。

我又摸摸下巴，说："我唱歌之前喜欢喝点儿竹叶青，润润嗓子。"

"竹叶青是一种蛇！你不是和尚吗？怎么吃蛇？"金角大惊失色，立即转向银角，"弟弟，蛇是荤菜吧？"

"是啊。"银角点点头说。

我感到好笑："我指的竹叶青不是蛇，而是林子里青色的竹叶泡的茶。"

银角立马吩咐手下去采摘新鲜的青竹叶。

等了一会儿，茶端上来了，我装腔作势地呷了一小口，清清嗓门唱起来："天苍苍，野茫茫，风吹草低见牛羊。"

我知道自己五音不全，明显唱走调了。但金角和银角两个妖怪听得如痴如醉，如梦如幻。

一曲唱罢，他俩又跳又叫，还大声喊："再来一曲，再来一曲！"他们的声音震耳欲聋，比刘德华的粉丝看他的演唱会还激动。

我不忍心扫他们的兴，更为了拖延时间，所以又唱起来："你挑着担，我牵着马，迎来日出送走晚霞……"

我一连唱了八首，唱得口干舌燥，眼冒金星，腿脚发软。再唱下去，我直接可以当下酒菜了。

"无论如何，请你教我们唱大唐的歌。"银角握住我的手说。

"最好多一点，越多越好。"金角搂住我的肩膀说。

"不行啊，"我摆出架子，"大唐的歌是不能教给外人的。"

"唐僧哥哥，我们叫你哥哥，就不是外人了，你就教我们吧。"金角低三下四地恳求道。

"唐僧哥哥，亲哥哥，教教我们吧。"银角乞求道。

我叹了口气，假装无奈地说："可是，我很快就要变成你们的下酒菜了，还怎么教你们唱歌？"

金角和银角把脑袋凑在一起商量一番。

金角说："我们决定不吃你了。我们都认你当哥哥了，还怎么好意思吃你呢？"

银角说："长生不老又怎么样？人生最大的幸福莫过于唱美妙的歌。只要能和美好的歌曲相伴，寿命短一点也无所谓！"

"真的？"我惊喜万分。

"真的。"

我轻吁一口气，想了想说："要我收你们当弟弟，教你们唱大唐的歌，你们还得答应我一个条件。"

"哥哥尽管吩咐。"他俩的态度端正极了。

我伸手摸摸他俩头顶的角，说："这是真金白银吗？"

他俩笑了："哪儿有那么多真金白银呀，这是道具。哥哥你不是和尚吗，怎么这么贪财？"

我解释道："钱财乃身外之物，我只想建造个庙宇而已，造福积德。"

金角和银角互相看看，有了主意："哥哥只管教我们唱歌，建庙宇的钱财包在我们二人身上，我们兄弟从此改邪归正，和你一块儿造福积德！"

看他们那么虔诚，我的肠子笑得排山倒海。

感谢大唐，感谢汉乐府，感谢《敢问路在何方》，感谢佛祖保佑！

妈呀，我的后背全湿了。

四月十三

天气：多云　　心情：有些难过

这几天悟空一直在生我的气，因为上次我没给他机会救我。我答应给金角和银角当音乐老师，我便救了自己。悟空觉得很没面子。

他说："你知不知道你是师父，我是你的大徒弟，你落难的时候，应该由我来救你。为什么不等我来，你自己逞什么能？"

我说："我能自救，为什么还要等你来？"

他说："观音菩萨安排我当你的大徒弟，主要任务就是在遇到危险时救你，你老是自救，这么能干，那还要我这个神通广大的大徒弟干什么？"

"大不了我下次不自救，拼死也等你来救。"我说。

他还是不消气，一路上跟八戒和悟净说说笑笑，就是不跟我说笑。

这只猴子气量真小。

今天上午到了热闹的集市，商品琳琅满目，布料、水果、胭脂、奶粉、风筝、陀螺等，样样俱全。

"师父，我要吃西瓜，带刺的西瓜！"八戒流着口水兴奋地嚷嚷。

带刺的西瓜？我顺着八戒指的方向看过去，果真看见滚圆滚圆的带刺的西瓜，极像悟净的脑袋。

“看上去不错，”我咽着口水说，“说不定比青皮西瓜甜多了。”

我下了马，和八戒一起走过去。

卖西瓜的是一位龇着大板牙的老妇。

“请问施主，这带刺的西瓜多少钱一个？”我很有礼貌地问。

“你说什么，带刺的西瓜？”老妇大笑着说，“你们是从外国来的还是从外星球来的？这种水果叫榴莲！榴莲！”

说完，她继续狂笑，笑得板牙都上下松动了。

我提醒她：“当心你的牙齿。”

她这才闭住嘴。

榴莲很贵，而且听说味道很冲，我们当然就不买了。

八戒拽着我的衣袖，发嗲地说：“师父，那边卖臭豆腐，好香好香，我想吃，我想吃嘛！”

悟净走过来插话：“二师兄，那种臭豆腐，吃起来没有闻起来好，你要是嘴馋，闻闻就可以，不用买。”

八戒不罢休：“我就要吃，就要吃！”

看在佛的面子上，我买了一块臭豆腐。

八戒伸手就来抢，抓过去一口吞下，还咿咿呀呀地说：

"吃起来确实没有闻起来香。"

哎,我本来打算把那块臭豆腐平均分成四份的。

看着悟空一个人走在前面,我思量着给他买个礼物,消消他的气。

我问悟净:"你看看,这条街上最好的东西是什么?"

悟净转着脑袋看了又看,说:"你。"

没想到老实巴交的悟净也会拍马屁。我当然是最好的,我是著名的大唐高僧,而且这么玉树临风。

"我问的是东西,不是人。"我解释道。

"难道师父您认为自己不是东西?"悟净一本正经地反问我。

"我当然不是东西,我是人。"我一个字一个字严正申明。

悟净摸摸脑门,再次转动脑袋向周围看看,说:"这条街上最好的东西,是那个——"

我顺着悟净看的方向望去,看见一个怪怪的东西。

"滑板车,最新的滑板车!"商人叫卖着。

原来是传说中的滑板车。据说有了它,不用骑马就能风驰电掣。

我觉得悟空一定会喜欢这个礼物,因为他那么贪玩儿。于是我花大价钱(我的私房钱是世民哥哥悄悄给的)买下了滑板车。

我抱着滑板车，低三下四地去追悟空："悟空，悟空，师父给你买玩具了。"

街上的人见我抱着滑板车跑得满头大汗，都咧着嘴巴笑。

悟空终于听到我的呼唤了，转过身来，也笑起来，而且笑得前仰后合。

我知道我的帽子歪了，但他们也不应该这样笑话我吧！

"师父，您要追我，为什么不骑上滑板车呢？您抱着滑板车拼命跑的样子，真是太滑稽、太可爱了！"

悟空竟然这么调侃我。

我喘着大气把滑板车递给悟空，说："这是师父给你买的玩具，希望你喜欢。"

"你有没有搞错？我会腾云驾雾，又会七十二变，要滑板车有什么用？你当我是三岁毛孩？"

他说完便潇洒转身，继续逛街。

八戒和悟净赶上来，安慰我说："他不喜欢，我们喜欢。"

说着，他俩兴致勃勃地玩起滑板车来。

我望着悟空的背影，心想：他到底是石头做的，心这么硬！

四月十五

天气：万里无云　心情：好了

今天我很不幸，但因为不幸，又变得幸运。

幸与不幸，是同来同去的。

我走路时，不小心掉进水沟里了。虽然那条水沟不算深，刚刚没过我的膝盖，但是，我没有自己爬上来。

我拼命对着悟空喊："救命啊，悟空快来救我！"

悟空听见我的呼救声，连忙狂奔过来，一把将我从水沟里拉上来。

"谢谢你，悟空。"我感激地说，"要是你不来救师父，师父肯定淹死了。"

悟空开心地说："不用谢，不用谢。我是你神通广大的大徒弟，救你是我的工作。"

看得出，他很有成就感。

我们终于和好如初。

给别人帮助你的机会，你们会更加相爱。

六月二十一

天气：晴朗　　心情：大悲大喜

最近，悟空脸上长出了几颗痘痘。他感到很郁闷。

我觉得这没什么，几颗青春痘而已，正常现象。

他有一点点难为情。

他的青春痘来势汹汹，没几天工夫，每一颗都长到了黄豆那么大，挺吓人的。

悟空有些难过。

好几次，他趁我们不注意，使劲儿挤青春痘，试图把它们从脸上摘下来。

可是，他的青春痘长得特别结实，而且很有弹性，跟皮球似的，轻易摘不下来。

你的身体上要长出什么来，是前世就注定的，今生无法更改。

唉，悟空这孩子，本事这么大，竟然也逃不过前世设下的套。

八戒和悟净不忍心看他那么痛苦，便拿出了水果刀。

八戒说："大师兄，你别怕疼，我们齐心协力帮你把可恶的青豆子割下来。"

“不是青豆子，师父说是青春痘。”悟净提醒他，“不过我看更像黄豆。”

悟空大叫：“什么？你们想合起伙来对我动刀子？”

“只是帮你做个小手术。”悟净说，“一个小小的美容手术而已。”

“一切都是为了你的美丽。”八戒把刀举起来，贴到悟空薄薄的腮帮子上，“只要半炷香的工夫，你脸上的青春痘就会荡然无存。”

“八戒，你会用成语啦！”我像孩子一般惊叫。

八戒激动无比，一不小心，手里的刀落下去——悟空一声惨叫。不是青春痘被切下来了，而是悟空毛茸茸的鼻梁上出现了一道血印。

我连忙为悟空擦去鲜血，并且耐心细致地给八戒讲小乘教法，提高他的思想觉悟，以免他再出手伤人。

八戒被我唠叨得脸都肿了。

悟空的青春痘怎么办呢？

实在没办法，悟空就在山路上找了几种貌似药草的植物，捣成绿油油的汁水，一遍又一遍涂抹在自己的脸蛋上。

这样一来，他看上去像个妖怪，我都不大敢朝他看。

大家以为这样会有用，没想到过了一会儿，悟空脸上的青春痘非但没有瘦下去，反而鼓胀起来，而且越来越大，一颗颗都有蚕豆那么大。

真是叹为观止！即使我能活一千年，以后也不可能再看到这么给力的青春痘。

因为有这么多痘痘，所以悟空的脑袋变重了，他的脖子根本就支撑不住。他不得不平躺在地上，连说话都困难。

巨大的青春痘和悟空的痛苦表情把我们吓得手足无措。

我甚至流下痛不欲生的泪水："悟空啊，你还这么年轻，怎么就病入膏肓了呢？你要是撒手去了，为师带着残缺不全的取经队伍，怎么能夺取最后的胜利呢？真是天妒英才啊！"

我捶胸顿足。

悟净也跟着抹眼泪。

八戒说："你们急什么？大师兄神通广大，会七十二般变化，难道还治不了自己脸上的几颗痘痘？"

悟空却无力地说："试过了……没……没用。"

我们感到绝望，伏在悟空胸口呼天抢地。

"悟空，你还有什么未了的心愿，说说吧，为师帮你了却。"我慢慢冷静下来。

"是啊是啊，大师兄，你有什么临终遗言就快点说吧，不然来不及了。"悟净也冷静下来。

八戒抹抹眼泪，睁大眼睛说："对了猴哥，你把虎皮马甲送给我吧，反正你也没机会穿了。说实话，我一直惦记着呢。"

悟空的嘴巴被巨大的青春痘挡住了，根本没法说话，眼睛也睁不开，只是缓慢地摇头。

“大师兄不同意。”悟净说，“再说，就算他同意，你也穿不上呀，顶多只能修改修改当兜肚。”

“谁要兜肚？我想把虎皮马甲改成围脖。”八戒说，“现在流行围脖。”

“是吗？”我擦擦眼泪说，“现在真的流行戴围脖？那为师

也要……”

“师父别跟我抢！”八戒大声说，“虎皮马甲是我的！”

我笑笑说：“我不是跟你抢，我是想说，要帮你们每个人都做个围脖。既然外面流行，那咱们也不能落后啊。”

悟净拉拉我的衣袖说：“师父，要不就把虎皮马甲给八戒吧，金箍棒给我。”

望着他灼热的眼神，我感到十分揪心！

悟空还没有撒手人寰，这两个没良心的就嚷着分遗产。人心险恶，世事难料啊！

阳光透过树叶照下来，一缕轻烟飘来，观音菩萨踩着祥云微笑而至。

她那洁白修长的手指从玉净瓶里取出柳枝，把滴滴甘露洒在悟空惨不忍睹的脸上。

“谢谢您消灭了悟空的青春痘。”我无限感激地望着观音菩萨说。

她说：“那不是青春痘，而是水痘。”

啊？

八月初二

天气：雨　心情：小欢喜

我一直想给徒儿们做围脖，直到今天才有空。今天下雨了，我们都坐下来休息，所以就有时间做围脖了。

上次路过集市，见到了传说中的围脖，虽然看上去有些别扭，但总的来说可以接受。我这么聪明，看一眼就知道怎么做了。

巧的是，行李箱里有一卷红绸，是我从大唐出发时，世民哥哥送给我的。他给我这卷红绸，是要我当床单用。我一直没舍得把它当床单，这么好的料子，做床单就糟蹋了。

看我把红绸拿出来，八戒激动得不得了，又拍屁股又说嗲话："好看，真好看。"

他真像个天真的孩子。

"师父，谁要结婚？"悟净瞪大眼睛问。

我说："我们都是出家人，不可以结婚。"

"那你把红盖头拿出来干什么？"

悟净竟然说这是盖在新娘头顶的红盖头。顶这么大的一块红绸，新娘的头该多大呀！

"师父想把它做成衣裳穿吗？"悟空跳过来说，"羞不羞啊，这么红。”

“羞羞羞，”八戒流着口水扯过红绸往自己身上披，“还是给俺老猪做件衣裳吧，老猪身材好。”

当他的口水就要掉到红绸上时，我火速把红绸夺过来：“师父想给你们做围脖，每人一个。”

一听说做围脖，徒儿们全都乐了，乖乖地围着我坐下，端端正正的，像三个小木桩。

我操起剪刀，拾起绣花针，认认真真地给他们做围脖。

周围很安静，只有淅沥的雨声，偶尔伴随几声鸟鸣。我不紧不慢地做着围脖，不见妖怪，心无杂念，这样的日子多好。要是西去的路上都这样太平、这样温馨，那该多美妙！

夜幕降临，我的围脖终于完工了。

徒儿们赶紧把围脖戴在脖子里，互相赞美——真好看，颜色好，裁剪好，针法也好。我都羡慕了。

对了，我怎么没给自己做个围脖呢？可惜红绸都用完了。

忘我者，天不忘。

我这么忘我，老天一定会眷顾我的。

八月十三

天气：太热了　　心情：怎么会好呢

天气实在是太热了。

我从马背上下来，一个劲儿擦额头上的汗。

徒儿们说："师父下来干什么呢？骑马多舒坦，您真是有福不会享。"

我摆摆手，不接话。

我可不想实话对他们说，我的裤裆被汗水浸湿了，坐在马背上难受死了。

还有，我的头皮上肯定长出痱子了。谁叫我一直戴着帽子呢！

八戒看马背上空着，便把滑板车放上去，如释重负道："这下好了。"

"你干什么？"我摆出师父的威严，正色道，"马是我的坐骑，滑板车怎么可以享受和著名的大唐高僧一样的待遇？快拿下来。"

"是啊是啊，快拿下来。"悟净在后面懂事地附和。

八戒噘着嘴巴把滑板车从马背上取下来，扔给悟净："你拿着。天天走山路，哪儿能用得着滑板车？"

悟净不声不响地把滑板车放到行李上，一起挑着。

“唉，要是有个地方能洗澡就好了。”我由衷地说。

“洗澡？”八戒连连摇头，“洗澡多麻烦呀，我不洗。”

“是啊是啊，洗澡多麻烦。”悟净居然也这么说。

我不跟他们一般见识，喊前面探路的悟空：“悟空，你想不想洗澡？”

悟空听见我的呼唤，便转身跑到我跟前，说：“师父，您是说洗澡？为什么要洗澡？”

“洗了澡才干净，才不会长水痘。”我吓唬他，“要是不洗澡，过几天你的脸上还会长出水痘。”

悟空吓坏了：“那我们赶紧找地方洗澡吧！”

八戒和悟净听说不洗澡要长水痘，都连忙说：“我也要洗，我也要洗。”

还是悟空神通广大，没费什么劲儿就找到了一湖干净的水。

密林深处的这片湖，极像一只草鞋。

不过，这湖并不大，大概只有半间卧房那么大。

徒儿们放下行李，一个个脱了衣服和裤子，哧溜哧溜争先恐后跳进湖里，哇啦哇啦叫嚷着舒服。

我站在岸边直抹汗。

“师父，快下来，好凉快呀！”悟空细声细气地喊。

悟净也说：“师父，三缺一，就等你了。”

“呵呵，俺老猪知道，师父怕难为情，不愿意让我们看他光屁股的模样。”八戒笑哈哈地说。

我的脸一阵阵发烫。

他们三个乖乖地别过头去，我才大胆地脱了衣服，光着背小心翼翼地下去。

“开始——打水仗！”悟空闹腾起来，哗哗地划着水，“看谁溅出的水花多！”

还没等我反应过来，八戒的大猪腿猛地抬起来，又猛地劈向水面，溅得我满头满脸都是水花。

没等我把脸上的水花抹掉，悟空突然把我平举起来，再放下一些。他一松手，我整个儿身体便拍向水面，啪的一声巨响，溅出半湖水花。

我吓得差点魂飞魄散。

没等我把魂收回来，只听八戒大声喊：“师父没脱裤子！师父洗澡都不脱裤子！”

八戒呀八戒，好歹我是师父，是著名的大唐高僧，怎么可以在你们面前随便脱裤子？

十月三十

天气：阴　心情：害怕转欣慰

我有一个预感，今天会遇到妖怪，因为我的左眼一直在跳。

任何吉凶都是有预兆的。

下山的时候，我骑在马上对徒儿们说：“你们都向我聚拢一些，再聚拢一些。”

他们三个听话地聚过来。

“师父，您是不是害怕呀？”八戒直截了当地问。

这只猪，总是这样不照顾我的面子。

“师父是想保护你们。”我说，“大家小心一些，耳观四路，眼听八方。”

“还说不害怕？”八戒笑着说，“话都说错了，是眼观四路，耳听八方。”

悟空和悟净也都忍不住笑。

我颜面扫地。

走了一段路，我的胸口开始发慌，连喘气都有些困难了。

我不得不下马休息。

刚坐下，一阵怪风刮过来——

我缩着脖子，紧紧拽住悟空的胳膊。

风来得快去得也快，留下一封信，上面写着：我哥唐僧收。

悟净屁颠屁颠地把信拿给我。

八戒和悟空抢着要看信，我一把夺过来。

“你有个妹妹？”八戒激动得不得了，“她多大了？长得漂亮吗？结婚了没有？”

“是弟弟吧？”悟空说，“会不会武功？”

“不会也是和尚吧？”悟净问。

我摆摆手说：“我既没有弟弟，也没有妹妹。”

打开信，吓了我一跳，署名居然是“白姑娘”。

以下是这封信的节选：

唐僧我的哥，那日一别，甚是挂念。谢谢您教化了我，挽救了我。您走以后，我在我们相识的那座山的东南角上盖了一座别墅。现在，我每天学习语数外，学习织毛衣、纳鞋底，还学习种菜。你知道吗？我种的黄瓜比扁担还长，吃都吃不完，只好送人。我还经常做善事，帮助老人干农活，教小孩读《诗经》，还到福利院做义工，每天都过得很开心、很充实。我就是很想您。希望在合适的时候再见您，再听您的谆谆教导。

“白姑娘？”我冥思苦想，“我认识的姑娘里面，有姓白的吗？”

“是她，一定是她！”悟空说，“白骨精。”

我恍然大悟。

当初她本来想吃我的肉，但后来被我教化善良了。没想到她一直对我心存感激。

我感到欣慰。

奇怪，我的眼皮居然不跳了，心也不慌了。

十二月二十九

天气：大晴　　心情：太激动

我们师徒四人继续辛辛苦苦地向西走。

眼前，一座山挡住了我们的去路。

唉，又要攀山了！

八戒发牢骚："这天底下怎么就有这么多山呢？要是走到哪儿都是一马平川，那该多好！"

嘿嘿，他的成语大有长进，连"一马平川"都会用了。

我正想表扬他，只感觉一股阴风狠狠地刮来。

难道"白姑娘"又送信来了？

没有。

我预感到妖怪就在不远处，正虎视眈眈地看着我流口水，要吃我的肉。

我于是命令大家排成一列纵队往山上走，八戒走第一，我第二，悟空牵着马儿跟在我后面，悟净垫后。

我觉得自己夹在中间，妖怪就掳不走我了。呵呵。

走了一会儿，我感觉身上有些发热，便把外套脱下来抓在手上。

悟空看见了说："现在是冬天，你居然脱衣服耍帅？不怕感冒吗？”

我说这不是耍帅，我真的感到很热。

按道理他应该替我拿着外套，可他偏偏不这样做。

我于是把外套缠在腰上，将两只袖管在腰间打了一个蝴蝶结。

谁知悟空大笑着说：“你还不是耍帅？这么大岁数了，还学年轻人把衣服系在腰上。哈哈！”

八戒和悟净看见了，也跟着笑。三个家伙笑得稀里哗啦，搞得我一点面子都没有，不得不把外套从腰里解下来，重新抓在手上。

可是等我做完这一切抬头看他们时，却发现他们都把自己的外套脱下来缠在了腰上，正兴致勃勃地打着蝴蝶结。

我气得连说话都结巴了：“现在是……冬……冬天，你们这么耍……帅，不怕感……感……感冒吗？”

“不怕。”悟空说，“我们都喝了抗感冒冲剂。”

我最怕喝药了。

八戒把我的外套拿过去披在自己身上，说：“师父，我帮您拿着吧。”

悟空意见很大：“你怎么可以穿师父的衣服？”

“我没有穿，我是帮他拿着。”八戒解释道。

突然阴风再次刮来，我的眼前一片漆黑。

几秒钟后，风过天明。

“呀，八戒不见了！”悟净大叫。

“他会不会是被妖怪掳走了？”我担心极了。

悟空说：“不会，八戒跟我们玩捉迷藏呢。”

“八戒是这种人吗？”我问悟净。

悟净抓抓油光光的脑袋说：“二师兄有时候很调皮。”

这话不错。

可是直觉告诉我，这次八戒是被妖怪掳走了。

我得救他，我的外套还在他身上呢！我要把他连人带外套一起救回来。

在一个山势比较平缓的地方，我对悟空和悟净说：“给我卫生纸，我要办大事。”

悟净给了我一张卫生纸，只有巴掌那么大，而且薄得透明。

我说：“这么薄的一张怎么够？”

悟净说：“咱们的卫生纸不多了，大家都要节约一点。您是师父，不妨带个头。”

我把那薄薄的一张卫生纸还给悟净，甩甩胳膊往前走。

悟净在后面感叹：“师父太节约了！”

悟空在后面喊：“师父办大事不用躲太远，我们不怕闻您的味儿。”

我先躲在一棵大树后面。

我当然不是去办大事，办大事怎么能不带卫生纸？我想去找八戒。

可是我不知道八戒在哪儿。我一直往山林深处走，每前进一步，我的心脏就剧烈地跳动两下。我知道自己这样单枪匹马出来凶多吉少，但为了亲爱的八戒，为了亲爱的外套，我必须这么干。

当我抬起下巴擦汗的时候，看见树上有个人影，定睛一看，八戒正挂在树上呼呼睡觉。

我的心终于放下来，叉腰就骂："你这只死猪！大白天躲起来睡觉，害得我为你提心吊胆。你当心我的外套，别被树枝扎出洞来！"

谁知八戒不理我，还是继续睡香香觉。

我找了根树枝，想把他捅醒。

树枝刚碰到八戒的小粗腿，忽然从我身后闪出个巨人。

"嘿，你干什么？你想偷吃我的唐僧肉吗？"

是一位黑脸汉，足足有两个八戒那么高，而且凶巴巴的。

原来他把八戒当成我唐僧了！呵呵，谁让八戒披着我的外套呢！

我断定这个黑脸汉的智商很低。

两个男子之间若要战争，赢的必定是聪明的那个。

我深呼吸几下，压住自己心底的恐慌，问他："你知道你逮住的这个，是香唐僧还是臭唐僧吗？"

"什么？唐僧还分香的和臭的？"黑脸汉感到奇怪。

"是啊，"我说，"据说吃了香唐僧的肉呢，可以长生不老；吃了臭唐僧的肉呢，就会断子绝孙。”

他立即把八戒从树上摘下来，凑近八戒的脖子闻了闻，皱起眉头说：“嗯，他是臭的。”

八戒满身是肉，容易出汗，身上当然是臭烘烘的。

“把他扔掉吧。”黑脸汉难过地说。

“我帮你扔。”我说。

“你既然懂这么多，那能不能告诉我，香唐僧在哪儿？”

黑脸汉说，“我找他去！”

我想了想说：“你不用找，香唐僧身上散发着香味儿，远隔十里就能闻到。你什么时候闻到香味儿，再找香唐僧就很容易了。”

“对呀。”黑脸汉一拍脑袋说，“我只要坐在这儿等，等香味儿从十里外飘来就行了。”

我费力地拖着八戒往回走，心里乐开了花。

这只死猪，居然睡这么沉！

正月初一

天气：万里无云　心情：惊喜

“春节快乐！”一早徒儿们就给我磕头，“红包拿来。”

呵呵，我早就准备好红包了。

幸好当年离开大唐的时候，世民哥哥给了我一些私房钱，不然我怎么做人？

不过，我的私房钱越来越少了，恐怕还没到西天就得花完。

徒儿们拿到红包非常开心，凑在一起商量到了集市上该买些什么。

悟空前几天已经探过路了，以我们的速度，今天中午能赶到前面的集市。

大年初一，集市该有多么热闹呀！

悟空说想要买一顶牛仔帽，就是全世界都流行的那种，最好是浅绿色的。

我觉得还是土黄色的好，耐脏。

可他说我不懂时尚。

八戒说想要买一只胸脯和背都烤得油光光的肉鸡，最好那只鸡多长几条腿。

我对他说："你别忘了自己是和尚。"

八戒朝我扮鬼脸。

悟净说想要买一支烟斗和半斤烟丝，一天到晚往西赶路太辛苦，吸几口烟犒劳犒劳自己不算过分。

我说吸烟有害健康，到集市上我请大家吃麻辣粉丝煲吧。

紧赶慢赶，我们终于在晌午到达了集市。

这个集市的牌楼上，居然写着"加油站"三个字。

"这个地名好奇怪。"我对徒儿们说。

他们不理我。

八戒和悟净拿着上次我买的滑板车玩着。

悟空支着脖子傻傻地笑。

令人匪夷所思的是，这个集市居然是一个空市，街上一个人都没有，两边的门面房关得死死的，周围安静得使人恐惧。

"会不会有埋伏？妖怪的埋伏？"

我问这话的时候声音都有些颤抖。

"可能会。"悟空竖起耳朵，眨巴两下火眼金睛，"也可能不会。"

"废话！究竟会不会呀？"我急了。

"我去探探——"悟空说着就飞远了。

我回头找八戒和悟净，却不见他们的踪影。

茫茫大街上只剩下我唐僧一人啦！

寒意、阴气、怪风，统统向我袭来。

难道世界末日就要来了？

世界没有末日，世界的每一日都是崭新的开始。

于是我盘腿坐下，一遍遍背诵佛的教诲，告诉自己要淡定，要从容，要保持翩翩的风度。

可是，我的额头渗出密密的汗珠来。

不知过了多久，我的眼前忽然飘过一缕彩色的烟，顿时礼花绽放，爆竹轰鸣。

一瞬间，街上的门面房全部打开，人们嬉笑着像洪水一般从每一扇门里冲出来将我包围，俏皮的鼓点响起来，大家笑呀、唱呀、跳呀，令我头昏目眩。

等我确定这不是自己的幻觉时，两条竖幅腾空展示在我眼前：

给御弟唐僧拜年喽！

加油再加油，等着你取得真经风风光光回国！

这是世民哥哥写的，我认得他的笔迹！

喔，这样的安排太令我惊喜了！

我急忙在人群中寻找，寻找亲爱的世民哥哥。

世民哥哥没见着，徒儿们却走出来了。

他们手上抱着花花绿绿的礼物盒，一个个都笑成了一朵花。

“师父，这满城的老百姓都是受大唐皇帝的委托为我们加油鼓劲儿的！”戴着浅绿色牛仔帽的悟空弯着身子蹦蹦跳跳着说。

我第一次发现悟空极像一只龙虾，清水活龙虾。

“师父，大唐皇帝对我们太好了，给我们这么多进口食品，我先吃巧克力还是先吃薯片？”八戒激动地问。

实际上，他的上嘴唇咬着巧克力，下嘴唇咬着薯片。

“奇怪，怎么光有烟斗没有烟丝？等会儿我要好好找找。”悟净凝视着黄棕色的漂亮烟斗自言自语。

世民哥哥和我的徒儿们真是心有灵犀，送的礼物正合他们的心意。

我忽然发现就我一个人没有收到礼物，心里不免一阵酸楚。

悟空看出了我的心思，走过来拍拍我的肩膀，递给我一个信封。

我背过身火急火燎地打开信封——哇！

世民哥哥怎么知道我想要私房钱？他究竟是皇帝还是神仙？

三月初七

天气：清风徐徐　　心情：给力

天气很好，春光明媚，花红柳绿，真给力。如果没有取经的任务，没有层出不穷的妖怪，我们师徒四人放松心情游山玩水，那该多么惬意啊！

午后小憩之时，白龙马驮来一片巴掌大的树叶。

我抓起来一看，要命，原来是一张请帖，更要命的是，落款为观音菩萨。

菩萨请我在下午太阳变成咸蛋黄色的时候，去西北角的小竹林里喝茶，还说有公事要布置，有礼物要赠送。

难道菩萨要跟我约会？这还了得！

我激动得手足无措，心想要打扮一番。

唇红齿白，衣衫齐整，有礼有节，方显大度。

“徒儿们，徒儿们，你们说，等会儿我穿哪件衣服去赴约？要不要戴帽子？哎呀八戒，快帮我把鞋子擦干净！对了悟空，我要不要叼个烟斗装帅？悟净，帮我找找有没有不臭的袜子，我脚上这双穿了十九天了。我的牙刷呢？小镜子在哪里？还有新买的香水呢？”

徒儿们围着我，忙得团团转。

帮我打扮妥当了，闻着香喷喷的我，他们才都松了一口气。

“师父，不就是一场约会嘛，又不是相亲，这么隆重干什么？”悟空说。

我说：“要的，要的，这是礼节。”

“你不怕菩萨被你的香水味儿吓跑？”悟净问。

我说：“菩萨比我还香呢。”

八戒把那张请帖从头到尾、从尾到头看了十八遍，还一个劲儿嘀咕：“菩萨怎么就请你一个人，她怎么就那么无视我老猪的存在！我要是能去就好了。”

我赶紧把请帖夺过来放好，生怕被他弄皱弄脏。

“师父，带我一块儿去吧，我也想参加约会。”八戒的脸皮比城墙还厚。

我严肃认真地告诉他：“观音菩萨只请了我一个人，你去不合适。”

“可是我真的很想去。”八戒装可怜，“从小到大，我还没参加过约会。你就让我去吧，见识见识也好。”

“菩萨见我是要商量公事，不是吃喝玩乐。”我强调说，“你去了会影响工作。”

“我不发出声音。”

“那也不行。”

“我隐身总可以了吧？”

“你当菩萨是小孩儿吗？”

八戒吐吐舌头，眼珠子一翻，气咻咻地站一边去了。

悟空跳到我跟前说：“师父，八戒去不合适，还是我跟您去吧，我的应变能力强。”

我说：“菩萨也没请你呀。”

“可我想保护你。”悟空说得冠冕堂皇。

“有菩萨在，还用得着你保护？”我拍拍他的肩膀说，“乖，别添乱。”

悟空肩膀一转，也走开了。

悟净又走过来。

我抢在他前面说话：“菩萨也没请你，你也乖乖待着，莫有非分之想。”

悟净噘着嘴说：“师父那么大声干什么？我又不想去。我只是想提醒你，到了小竹林，如果菩萨要你换拖鞋，你千万别换。”

“为什么？”

“你要是把鞋脱了，菩萨会看见你袜子上的洞洞和补丁，多丢人。”悟净缩着脖子说。

“什么？”我叫起来，“你刚刚给我换的干净袜子上有洞洞和补丁？”

唉，那就不换鞋吧。

左等右等，太阳终于快变成咸蛋黄色了。

很快，夜幕就会降临。

我甩甩袖子对徒儿们说："为师赴约去了。你们乖乖地在原地待着，别吃太多东西，别吵架，别赌博，别胡思乱想。如果我很久还没回来，你们别等我，只管先睡觉。"

我弃马步行，独自昂首挺胸朝着西北角一直走。

走了好一会儿，眼前果然出现一片小竹林，轻雾缭绕，宛若仙境。

回头望望，徒儿们没有追来。

再往竹林里瞧，竹枝茂密，并不见菩萨等候。我刚想抬起脚，只听一个声音说："你来了？先换鞋。"

真被悟净说中了，果然要换鞋。

我的袜子上有洞洞和补丁，怎么好意思脱鞋呢？可菩萨让换鞋，我又怎能不遵从？

没办法啦，我只好脱了鞋，穿上菩萨准备的新鞋，再一步一步走进小竹林。

竹林中间果然设有茶席，观音菩萨正襟危坐，眉目含笑，楚楚动人。竹桌竹椅竹茶碗，充满清香的热气从茶碗里飘出来。

我情不自禁地走过去，端起茶碗，先敬菩萨，然后便仰头一饮而尽。

我觉得这样做显得自己很爽快，也很有风度。

三月初八

天气：万里无云　心情：云开月明

当我醒来的时候，观音菩萨已经不见了。

昨日我与菩萨约会，难道是一场梦？

阳光透过竹叶射下来，晃得我睁不开眼。我试着爬起来，却发现身体随着什么东西不由自主地摇晃起来。定睛一看，原来我躺在一个竹摇篮里，摇篮挂在高高的竹梢上。

只要我一动，摇篮就发出吱吱的声音，仿佛随时要掉下去。

我就在这摇篮里睡了一夜？是菩萨的美意，还是妖怪的算计？

我小心地探出头，想看看自己离地面有多高。这一看，吓得我浑身发颤。

这哪能看见地面？眼下是茫茫竹海。

难道我在天上？有点不靠谱。

“悟空！”我大声喊，不闻回音。

“八戒！”我再喊，仍然不闻回音。

“悟净！”我继续喊，还是不闻回音。

我害怕了，看样子我是被妖怪挟持了，而且徒儿们压根儿就不知道，他们还以为我在跟菩萨约会。

不一会儿，竹林里传来喳喳声，是悦耳的鸟叫声。紧接着扑棱一声，飞出一只大鸟。

多么漂亮的大鸟！我在皇宫里的画上见过这种鸟，好像叫做琴鸟，它的尾翼展开像一张竖琴。和画上的琴鸟不同的是，这只鸟的羽毛是金色的，闪着高贵的光芒。

这会不会是悟空变的呢？

我赶紧打招呼："猴子，猴子！"

金色的琴鸟不回答我，扑扇着翅膀在我头顶盘旋，像是在跟我玩耍。

我对它喊："琴鸟，你不是我家猴子变的，那是真正的琴鸟吗？我听说澳洲才有琴鸟，你来自澳洲？难道这里就是澳洲？不可能，没道理啊。"

琴鸟伸长脖子，探着脑袋看我，然后停歇在竹摇篮的边沿上。

我看清楚它的眼睛了，是一双如蓝宝石般的眼睛，多么迷人，盈盈眼波中似乎还藏着忧伤的故事。

"这是怎么回事？你的主人呢？是他假冒观音菩萨挟持我的吗？"

琴鸟摇摇脑袋。

"哦，你听不懂人话。可是，我不会鸟语，更不会澳洲鸟语。要不麻烦你去找本字典来，我说一句你就看字典翻译一句。"我无奈地说。

琴鸟站着不动。

"懒东西。"我不禁埋怨。

"我不是懒东西，"琴鸟居然开口说话了，"是我把您请来的。对不起，我以菩萨的名义给您发了请帖，还假冒菩萨和您一起喝茶。"

"啊？"我好难过，"真的不是菩萨请我，空欢喜一场，枉费我打扮得这么隆重。那你是谁，何方妖怪？”

“您别怕，我不是妖怪，我就是一只琴鸟。我冒昧地把您约来，不是想伤害您，更不会吃您的肉，只是有一事相求。”

看它那美丽善良的模样，我不禁心生怜悯：“你找我算是找对人了。有什么困难只管说，只要我能帮忙，一定全力以赴。”

救人于危难之中，自己日后即使逢凶也会化吉。

琴鸟激动不已，朝着我的怀抱扑过来。

“冷静，冷静。”我连忙制止，“快把我从这竹梢上放下来，我恐高。”

“可以啊，”琴鸟重新在摇篮边沿站好，“您答应帮我的忙，我就放您下去。”

“那就快说吧。”我待在这里很不舒服，浑身骨头疼。

琴鸟抬起右腿，把脚掌亮到我眼前：“您看，我的脚底烫着字符，这让我失去了自由。只要您对着我的脚底讲一段经，这字符就能消失，我就能自由。”

“这么简单？可是我只会讲小乘教法。”我说。

“我听说，小乘教法的核心就是断除自己的烦恼，追求个人的自我解脱，我就要这个。您快给我讲吧。”琴鸟很着急，眼睛里闪着渴求的光芒。

讲一段经就能解救琴鸟，我当然非常乐意。于是我慢慢坐起来，闭上眼，努力使自己镇静，排除一切杂念，对着琴鸟那单薄又可爱的脚底讲起了小乘教法。

这是我第一次对着一只鸟的脚底讲经。

不一会儿，琴鸟脚底的字符消失殆尽。它自由了，唱着歌儿在竹林里飞来飞去。这让我想起悟空刚被我从巨石下救出来的情景。自由是一切生物的权利，自由是最基本的幸福，也是最高层次的幸福，什么都可以失去，但不可以失去自由。

想着想着，我觉得自己成了思想家，简直可以写一本书了。

等我回过神来，却不见了琴鸟的踪迹。我还在竹梢上的摇篮里坐着，它怎么就弃我而去了？真没良心。

唉，随它去吧。

“悟空！徒儿们，你们在哪儿？快放我下去！”我扯着嗓子喊。

没有人回答我。

我又饿又累又害怕，我会不会死在这小竹林里啊？

正当我难过失望的时候，呼的一声，一阵凉风掠过，摇篮从竹枝上滑下去，一直滑一直滑，稳稳地落在地面上的一堆竹叶上。

谢天谢地。

惊喜之余，我拍拍屁股从摇篮里爬起来，把帽子扶正，却看见一个金色的身体竖在我眼前。

一个金色的人，鸟头人身！这双眼睛我知道，是琴鸟！

它正恶狠狠地望着我，没有了刚刚的柔弱和善良。

“唐僧，谢谢你解救了我。”琴鸟凶巴巴地对我说，“你好人做到底，再帮我个忙，让我吃了你吧。谁都知道，吃了唐僧肉，长寿不长痘。”

真没想到它这么忘恩负义！

我又恼又恨又怕，后背全湿了。我很想说句粗话，但还是冷静地保持了风度，故作轻松道：“其实，我早就看出来了，我就知道你并非善类，你眼里的柔情善意全是伪装的。刚刚在竹梢上，我给你念的的确是小乘教法，但我是倒着念的，因此你并没有获得真正的自由。”

“什么？”它吓坏了。

我逼迫自己镇定，装模作样地掐掐手指：“顶多再过三炷香的工夫，就会有人来收你，你将永世不得超生。”

“啊？”琴鸟连忙下跪求饶，“高僧，大唐高僧，求求你放了我，赶紧想办法救救我！我不吃你了，绝对不伤害你！”

我心里的石头总算落地了，暗暗为自己的智慧叫好。

“可是，我一个人帮不了你，必须和我的三个徒弟一起讲经诵佛，才能将你解救。”我一本正经地告诉它。

它略显担心地说：“如果我把你的徒弟们请来，他们不会放过我。”

“有我在呢，你不会有事的。你别忘了，我最善良啦，从不做伤天害理的事。”我给它吃“放心丸”。

它犹豫了一下，不知施了什么法术，小竹林里的阵阵雾气立即退去了。

“师父，俺老孙来也！”

悟空出现在我跟前，抡起金箍棒就朝琴鸟砸去。

“且慢，”我阻止他，“让我跟它谈谈。”

我们在小竹林的茶席坐下，我为琴鸟斟上一碗茶，以长辈的口吻问：“你究竟是什么身份？”

琴鸟叹口气说：“我是观音菩萨的宠物鸟，每天待在天宫无聊极了，便偷偷下来自由活动，却因脚底的字符所限，三天之内必须回天宫。”

“原来是这样。”我语重心长地说，“这就是你的不对了。菩萨把你当宠物，是看得起你，被菩萨看得起是了不起的事，你应该珍惜，别身在福中不知福。你还是乖乖回到菩萨身边吧，别让她发现了。”

琴鸟不吱声。

“你要是想下来玩，就好好向菩萨请假，不要不辞而别。”我说，“大人最不喜欢小孩撒谎、偷跑了。”

琴鸟委屈地说：“菩萨不同意我请假下来玩儿。”

“菩萨的心是最软的，女菩萨的心就更软了。你多求求，她一定会同意。”我端起茶杯说，“来，干了这杯茶，我们目送你回天宫。”

琴鸟缓缓端起茶杯，站起身："你，你让我想起了爸爸。很久很久以前，我有个爸爸，他也是这么说话的。"

它喝完茶，抹抹嘴巴，脖子一缩，又变回了一只真正的琴鸟。琴鸟拍拍翅膀，在我肩膀上沉甸甸地停歇了一会儿，便扑向竹梢顶上的蓝天。

"代我问候菩萨，请她方便的时候给我送张请帖，我想和她一起喝茶！"我对着琴鸟飞去的方向大声喊。

"切，"悟空哼哼，"你都一大把岁数了，而且公事缠身，还成天想着浪漫。"

我只当没听见。

今天是清明节。

我们还没有走出大山，四周阴森森的。

我有一种特别强烈的预感，那就是——今天会遇到妖怪。

虽然我一向有办法对付妖怪，而且每次都能化险为夷，但是被妖怪捉去毕竟会耽误取经的时间。多一事不如少一事，还是别遇见妖怪为好。

明知道一件不好的事即将发生，却不设法阻止，是大过。

我当然要阻止不好的事情发生。

怎么阻止呢？对了，火！说不定妖怪怕火！

我想了想，对徒儿们说："前方能见度太差，咱们找些火把，举着前行吧。"

"能见度差？不会吧，挺亮堂的。"八戒嘟囔。

"师父，您的视力有问题吗？"悟空盯住我的眼睛说，"是近视眼就早点儿说嘛，等到了集市给您配副眼镜，无框的那种，酷毙了！"

“还是黑框的好看，”悟净说，“上次观音菩萨下来看望我们，戴的就是黑框眼镜，看起来高深莫测。”

“是啊是啊，”八戒点头赞成，“黑框眼镜显得神秘。”

“那是墨镜。”悟空说，“师父应该戴无框的近视眼镜。”

“反正黑框的好。”八戒和悟净都提高了嗓门说。

“无框的好。”悟空仍然坚持己见。

他们三个争论不休。

我的头都快被他们吵晕了：“别吵了！黑框的和无框的，我都不要。”

他们三个你瞧瞧我，我瞧瞧你，异口同声道：“难道您想戴隐形眼镜？”

“这么大岁数了还装帅！”

“您知不知道隐形眼镜很贵呀！”

“还容易得角膜炎！”

我甩甩胳膊，喊道：“我的视力没问题，不需要戴眼镜。”

“那您为什么说前面能见度差，要我们举起火把前行？”悟空嘟囔。

我说不出话来，因为我不能告诉他们，我担心有妖怪来抓我。

悟空接着说：“举火把太危险，弄不好会引起森林起火，咱们会被抓去坐牢的。到时候，咱们就去不了西天了。”

“听说纵火罪判得很重！”八戒说，“起码一百八十年。”

“我听说好像要判三百六十年呢！”悟净补充道，“有一次，牛魔王的表弟在田埂上烤癞蛤蟆吃，一不小心烧掉了一棵秧苗，坐了三百五十九年牢呢！要不是牛魔王求情，真得坐三百六十年整。”

我吐吐舌头擦擦汗，说：“走吧。”

打死我也不举火把，哼！

五月十九

天气：多云　　心情：难过转高兴

昨天，我们到了一座寺院，叫宝林寺。

看到寺庙，我就像看到了自己的家。

天下的和尚是一家人，亲如兄弟。

寺庙里的兄弟很客气，用好饭好菜招待我们，还给我们安排干净的标准间休息。

呵呵，做和尚就有这点好处，到处都能遇到自家的“兄弟”。

夜深了。

徒儿们呼噜呼噜相继睡下。

我睡不着，坐起来看经书、想心事和发呆。

看着看着，我的眼皮就开始打架了。

忽然一阵风破窗而入，随即，一位身材魁梧、眉目俊秀的汉子站在我的面前。

呀呀呀！他居然穿着龙袍，而且浑身湿漉漉的！

“你是人还是鬼？”我强作镇定，“凭什么私闯寺庙？”

“我是四十里外乌鸡国的皇帝。”他一把鼻涕一把眼泪地诉说，“五年前，我们乌鸡国闹旱灾，粮食颗粒无收。就在我急得团团转的时候，突然冒出来一位道士。他能呼风唤雨，救了庄稼，救了全国的百姓。我太感激他了，就和他结拜为兄弟。没想到，他趁人不注意把我推到了井里，自己变成我的模样，舒舒服服地做了皇帝。听说您是大唐高僧，您救救我，把那妖怪收了吧！”

我听完气得胸脯发颤：“这妖怪太无耻！我一定帮你讨回公道！”

阿嚏！

八戒的一声巨响型喷嚏把我吵醒了。

原来是南柯一梦。

“你怎么一点儿教养都没有，半夜打什么喷嚏？整个寺院的兄弟们都被你吵醒了。”我埋怨道。

徒儿们都醒了。

我连夜召开紧急会议，讲述自己梦里的见闻，商量营救乌鸡国皇帝的办法。

徒儿们听说要救人，都很兴奋。

今天中午，我们来到了乌鸡国皇宫，悄悄混进后院，果真从井里捞出一具穿着龙袍的男尸。

他居然跟我梦里见到的汉子一模一样。

他虽然已经死了，但是神态、气色却像睡着了一样。

“咱们得先让皇帝起死回生。”我流着眼泪吩咐悟空，“你到楼上跑一趟，向太上老君买一颗还魂丹。”

“钱呢？”悟空把手一摊，说道。

我把世民哥哥给的私房钱拿出来一半，交给悟空：“快去快回，不可以喝酒闹事，不可以跟太上老君没大没小，更不可以找王母娘娘撒娇。记得看看还魂丹的生产日期！”

悟空没等我说完就开溜了。

我让八戒把皇帝背回了寺庙。

在寺庙里，八戒和悟净一声长一声短地伏在可怜的皇帝身上哭。哭声惊动了庙里的兄弟们，大家听说了皇帝的不幸遭遇后都跟着哭，大家的泪水导致寺庙发生了洪涝灾害。

然后，大家没头没脑地赶紧抗洪救灾。

晚上，悟空回来了。

我们迫不及待地问："还魂丹呢？"

悟空挠挠身上的乱毛，把钱还给我说："太上老君说，还魂丹不可以卖。"

"那怎么办？"我着急地问，"难道要去抢？"

"他说，要是你把如意玉烟斗送给他，他就送你一颗还魂丹。"悟空说。

"什么？师父有如意玉烟斗？"

"我们怎么都不知道？"

"平时师父把烟斗拿出来用吗？"

八戒和悟净激动不已。

我的脸一阵滚烫，无奈地从怀里掏出烟斗。

这个如意玉烟斗可是世民哥哥在我临行前悄悄塞给我的。他说，西去路上寂寞难耐，抽几口可以解闷。

我一直没有拿出来用过。

这次要不是为了救人，我才舍不得拿出来。

悟空急忙把烟斗接过去，仔细端详。

八戒和悟净也凑上去看热闹。

"你还不快上楼去，用烟斗换还魂丹！"我朝悟空嚷嚷，"快点儿呀！"

悟空笑着说："其实我拿到还魂丹了，而且刚刚给皇帝吃下了。”

“啊？”我觉得纳闷儿。

悟空说：“到了天庭，我见到了太上老君，猛夸他年轻帅气，他就屁颠屁颠地给了我一颗还魂丹。”

原来是这么回事！

这猴子居然耍我！他竟然一天到晚想着法儿引我拿出如意玉烟斗。

我正想教训他，皇帝睁开眼说：“这是什么地方？”

阿弥陀佛！

五月二十

天气：晴朗　　心情：喜悦

今天，我们去降妖。

早朝的时候，我们带着死而复生的乌鸡国皇帝来到皇宫。

当着文武百官的面，当着真皇帝的面，我们很容易就戳穿了假皇帝的面目。

那妖怪突然变成我的模样，站在我的身边。

"悟空，我是你师父。"他说。

当你看见一模一样的自己就在跟前时，请不要惊慌，那是五百年前你种下的缘，结出的果。

我牵住他的手说："这里太闷，我们到外面走走。"

徒儿们握着兵器，不放心地跟在我后面。

我对他们摆摆手说："大人们说事情，小孩子一边玩儿去。"

他们便识相地走开了。

"你把自己变成我的模样，那你了解我吗？"我对变成我模样的妖怪说，"我是个和尚，当和尚有很多烦恼，清规戒律一大堆，吃不好，睡不好，还要面对世俗惊愕的目光。最困难的是，鞋子坏了没人补。你知道怎么补鞋子吗？首先，要看是鞋子的哪个部分坏了，是鞋头、鞋身、鞋腰，还是鞋尾；其次，要看是怎么坏的，是走路多了磨坏的，是被硬物蹭坏的，还是被尖锐物刺坏的；接着，要看坏的地方有多大，是半寸长一条，是小拇指加盖一方，还是杏儿那么大一块……”

他捂住耳朵直跺脚：“你能不能不说了，这么啰唆，我受不了啦！”

“你要变成我的模样，就得了解我嘛。”我拍拍他的胳膊说，“告诉你，补裤子比补鞋子麻烦多了。”

他突然变回了自己的模样——

一只狮子！它浑身的青毛竖立着，两只眼睛直勾勾地望着我，嘴巴像山洞一样吓人。

我马上朝后退去。

徒儿们举着兵器赶来，正要朝狮子砸下去，文殊菩萨突然现身：“拜托拜托，别打坏我的宠物。”

青毛狮子立即变得小小的，翻身跃进菩萨的掌心。

“谢谢各位手下留情。”菩萨笑吟吟地说，“我请你们吃饭，行不行啊？”

八戒说：“行，要七星级的饭店哟！”

呵呵。

五月二十五

天气：云不多　　心情：惊喜

中午，我们师徒四人路过集市，正在路边摊吃豆腐脑，一个浓眉大眼、皮肤黑黢黢的中年男人走过来，紧挨着我坐下，好奇地问："你们也吃豆腐脑？"

无疑而问，明知故问，多此一举，虚情假意。

出于礼貌，我们都点点头。

悟净往自己碗里舀了一大坨辣酱，吃得嘴唇红红的，都快成腊肠嘴了。

八戒抹抹嘴，又向伙计要了十八碗，他的面前已经堆了十八个空碗。我让他少吃一点，上茅房多麻烦，而且我们的卫生纸也不够了。他说不用卫生纸。

悟空最秀气，不知从哪儿找来一根麦管，用它当吸管插在碗里，蹲在凳子上小口小口吸。

还是我比较正常，左手持碗，右手握勺，一勺一勺慢慢吃，斯斯文文，风度翩翩。

"看你们的吃相，一个个绝非等闲之辈啊！"一旁的中年男人感慨道。

"算你有眼光，我们不是普通人。"悟空毫不谦虚地说，

“我们很快就会成为一手遮天、一呼百应、一言九鼎、一丝不挂、一毛不拔、一窍不通的菩萨和神仙了。”

“什么乱七八糟的！”我瞪了猴子一眼，“不要在施主面前卖弄成语，用得一点儿都不恰当。”

然后，我对中年男人自报家门：“我只不过是东土大唐派往西天取经的僧人，虽说唐朝皇帝李世民是我的结拜哥哥，但我一般不跟人家说我是皇亲国戚。低调做人，高调

做事，是我的原则。嗯，我这三个长相和吃相都很出众的徒弟呢，也就只会降妖除魔，没什么别的本事。”

中年男人立马做出一副惊天动地的表情，把我手上的勺子抽走，然后紧紧握住我的手说：“大唐高僧，你们就是大唐高僧？百闻不如一见，果然是气宇轩昂、玉树临风、少年老成……”

他似乎很激动，以至于越说越离谱，褒贬不分，他大概是被悟空滥用成语的毛病传染了。

我连忙打断他的话：“施主别客气。如果没别的事，您请自便，我们用完膳还要赶路。”

我这是下逐客令呢！

谁知他脸皮挺厚：“不着急不着急，我不着急走。既然咱们有缘相遇，不如交个朋友吧。哎呀，真是太好了。告诉你们，我就来自你们此去的目的地——天竺国。准确地说，我家离灵山大雷音寺只有三天两夜的路程。”

我很惊讶，摇晃着他的手，半天才说出话来：“你是从西天来的？原来佛祖身边的人都长成这样，黑不溜秋、黑咕隆咚、黑灯瞎火。”

我一兴奋，也滥说成语。

徒儿们一听说这位兄长来自西天佛祖脚下，都很激动，急忙放下豆腐脑，围着他发问，他耐心地一一回答。

“天竺国离这儿还有多远？”

“不远，飞机飞一两个时辰就到了。”

“哇，飞鸡这么厉害！它是什么鸟？”

“飞机不是鸟，是交通工具。”

“交通工具是什么鸟？”

“交通工具不是鸟，是一种运输装置，就跟马、马车一样。”

“早说嘛，原来飞鸡就是飞起来的马！”

天竺国兄弟咽咽唾沫，说不下去了。

管不了那么多了，我连忙请他吃豆腐脑。他也不客气，端起来就吃，一会儿工夫就吃了八碗。

多食者肚大，肚大者气量大。

这位兄弟吃这么多，想必气量不小。我对他说：“你这个天竺国朋友，我们交定了。”

我们相见恨晚，握着彼此的手有唠不完的嗑。原来，他对大唐仰慕已久，这次下定决心暂别妻儿离家出走，左腿跟着右腿私奔，就是为了去大唐走一走、看一看。我被他这种为了实现愿望不顾一切的执着精神深深地打动了。

但我还是苦口婆心地劝他：“兄弟啊，大唐也就是大唐，房子好一点，面条香一点，道路平一点，衣裳花一点，小孩胖一点，女人白一点，男人高一点，其他没什么。”

他一直眨巴眼睛不说话，有点痴了。

也许在他看来，这么多个“一点”汇聚在一起，就是一座大山了。

“还有，”八戒说，“大唐的羊肉泡馍闻起来特别香！”

“大唐的陶瓷是很珍贵的艺术品。”悟净补充道。

“还有还有，大唐的每个子民都会诗词歌赋。”悟空很有信心地说，“我相信大唐子民所写的诗会被后人一直一直传诵，成为不可替代的经典！”

听他们这么说，天竺国兄弟十分羡慕，口水都快流下三千尺了：“啊，那么好啊！那我阿莫西林这条路算是走对了！好吧，就让我继续昂首挺胸、胸有成竹地往东走吧！”

原来他的名字叫阿莫西林。好难记呀！

我们和阿莫西林就这样在异国他乡、在茫茫人海、在路边摊前擦肩而过，连QQ号都没留下。

但是我们约好了，他会在大唐等我们。等我们到了天竺国灵山大雷音寺取得真经后，返回大唐再和他相聚。到那时，我们要一边欣赏大唐歌舞，一边互相讲述旅途见闻，说上九天九夜的话。

缘来守缘，缘去惜缘。

这位叫做阿莫西林的兄弟，与我背道而驰，一心向东，只为一睹大唐的繁华，实在是我大唐的有缘之人。祝福他一路平安！

六月二十一

天气：热　　心情：平和

八戒真是厚脸皮，今天早上上路前，他直截了当地问我身上还有多少私房钱。

人都有私密，无私密不成人。

我当然不能告诉他还有多少钱。

他说想买个手机，可以随时打电话给高老庄，可以给嫦娥姐姐发短信，可以给悟空拍帅哥大头照，可以收听大唐的歌曲，可以上网种菜。最关键的是，手机带有导航系统，我们只要跟着导航一直往西走，就不会走弯路了。

虽然他说得头头是道，但是我舍不得买。买一个手机的钱，可以买一个顶级帅的牛皮公文包呢！

我早就想有个公文包了，但一直控制自己不去买。

我于是对八戒说："高老庄还没安装电话，你打不过去；嫦娥姐姐收了你的短信也不会理你；悟空长得尖嘴猴腮，不喜欢照相；大唐的歌曲我自己会唱；种菜更用不着，咱们不走回头路，菜成熟了没人摘；导航就更加用不着了，悟空就是一个人肉导航，十分好用。"

八戒耸耸肩膀，非常失望地挽住我的胳膊说："师父啊，其实手机还有一个功能，就是录音。它可以把您念的紧箍咒录下来，以后猴哥再不乖，您都不必亲口念紧箍咒，只要放录音就行了。”

“真的吗？”我很有兴趣，“怎么不早说呢？买买买，咱们一到集市就买。”

八戒听了，手舞足蹈。

悟空听见了，泼冷水说：“有了手机，各路妖怪根据手机信号，能很容易找到我们。”

我吓了一跳。

悟净补充说：“手机辐射太大，很容易杀死人体的智慧细胞和运动细胞，使人变迟钝，所以皇帝那么有钱都不用手机。”

我想也对，世民哥哥就从来不用手机。

“算了，不买了。”我拍拍八戒的后背说，“到了集市，师父给你买一根糖葫芦，乖。”

八戒噘着嘴说：“你当我是三岁小孩啊？我早就不喜欢吃糖葫芦了！”

“那你喜欢吃什么？”我问。

八戒回答：“棒棒糖。”

我晕。

八月十二

天气：多云　　心情：郁闷

烦人的夏天总算是快要过去了。

今天午休的时候，悟空躺在草丛里咯吱咯吱笑。

我问他没事笑什么，一点儿教养都没有。

他还是笑。

“你再笑，我就念紧箍咒。”我警告他说。

他连连讨饶：“不要啊，我只是觉得八戒的肚皮很好笑。”

我连忙去看八戒的肚皮。

“本来八戒的肚皮白白嫩嫩的像大馒头，经过一夏天太阳的照顾，现在变得黑不溜秋的，就像个铁锅盖。”悟空说。

我和悟净抱着肚皮笑。

八戒跳起来，噘着因为生气而严重变形的嘴巴嚷嚷：“大家都晒黑了嘛！要是我的肚皮像铁锅盖，那你的猴脸就像铁锅铲。”

悟空当然不承认自己的脸像铁锅铲。

他俩扭打起来。

“不要打了！”悟净很卖力地劝架，“锅盖和锅铲本来就

是一家，何必自相残杀？”

我挥挥袖子，从怀里掏出一瓶十毫升的防晒水，说：“让他们打去。悟净，来看看我的防晒水。”

“什么？防晒水？”徒儿们惊叫着围上来。

“这瓶防晒水还是当年世民哥哥送我上路的时候，悄悄塞给我的。”我得意地说，“世民哥哥对我的照顾真是无微不至啊。”

“师父怎么不早点儿拿出来？”八戒抢过去，拧开瓶盖，仰起脖子一饮而尽。

“你留点儿给我！”悟空大叫着抢过瓶子，伸出舌尖认认真真地舔瓶口。

悟净很羡慕地咂咂嘴说：“那是什么味儿呀？”

“管它什么味儿！”八戒满意地拍拍肚皮说，“反正喝了这水，肚皮就再也晒不黑了。”

为什么派给我这三个徒弟？防晒水是用来擦的，不是用来喝的！

十一月二十

天气：阴　心情：还不错

“要是有一条鱼就好了。”中午休息时，八戒说。

“你想吃鱼？”我叫起来，“你知不知道你是个和尚，和尚是素食主义者，不可以吃晕菜！”

“晕菜？晕菜！”徒儿们大笑着说。

我不小心把“荤菜”说成了“晕菜”！

“师父，为什么我一提到鱼，您就想到吃呢？”八戒说，“我不是想吃，而是想玩玩儿。”

“谁说我想到吃啦？我只是担心你想吃！”我尽量为自己挽回点面子。

悟空很好奇地问八戒：“你想要一条鱼跟你玩儿？”

“是啊。”八戒说，“听说现在流行养宠物，所以我想有一条鱼，当宠物养。”

“养宠物？这个主意好新鲜！”悟空来劲儿了，“可是你为什么不养一头猪呢？”

“猴哥，你真笨。”八戒说，“猪的食量那么大，我自己都吃不饱，哪能养得起它呀！”

“喔喔喔，”悟空和悟净起哄，“猪的食量那么大，你说的是你自己呀！”

八戒这才意识到自己上了当，气得直嚷嚷：“反正我就要养一条鱼！你们给我找一条鱼，给我找嘛！”

“这荒郊野岭，到哪儿给你弄一条鱼？”我说。

八戒像小孩子似的撒娇：“不行，我就要一条鱼，我就要，就要！”

我听不下去了：“你不要无理取闹，你是和尚，和尚不可以发爹。”

“发爹？”悟空和悟净又笑起来。

我把“发嗲”说成了“发爹”！

最近是怎么啦，老是说不好普通话，大概是在外国待久了吧。

看八戒一心想要一条鱼，劝都劝不住，我便对悟空和悟净说：“你们去给八戒找一条鱼来。”

悟空不动身。

悟净想动身去找，被悟空拦下。

“八戒你说，如果你有了宠物，会怎么对待它？”悟空问八戒。

八戒说：“把它当宝贝！我省下好吃的给它吃，睡觉前讲故事给它听，总之是千方百计让它快乐。”

“那好，”悟空笑眯眯地说，“你就找只猴子当宠物吧。”

“猴子？”八戒四下张望，“这附近有吗？”

“有。”悟空说，“近在眼前。”

他说的是他自己。

八戒当然不愿意，灵机一动：“猴哥，你把我老猪当宠物养吧，省下好吃的给我吃，睡觉前讲故事给我听，千方百计让我快乐，行不行？”

悟空一个劲儿摇头。

“哎呀，你就答应嘛！”八戒又发嗲，“猴哥哥，你是世上最帅、最好的哥哥！”

悟空想了想说：“我和沙师弟给你找一条鱼吧。”

呵呵。

过了一会儿，悟空和悟净回来了，抛给八戒一个什么东西，八戒立即接住。

居然是一只乌龟，足足有八戒的鼻头那么大！

“我要的是一条鱼。”八戒说。

“乌龟比鱼好养活。”悟净说，“有水你就让它游，没水把它放怀里都没事儿。”

“晚上还可以当枕头睡，”悟空说，“而且乌龟的寿命长，你可以跟它相伴很多年。”

八戒乐了。

十二月初一

天气：阴阳怪气　心情：起伏

今天中午在河边歇脚，悟空看看水面，说："水里有我的影子。"

八戒把猪脸凑到河边，呵呵呵地笑着说："水里也有我的影子。"

悟净紧跟着凑上去，开心地说："你们看你们看，水里还有我的影子。"

"你们早就不是孩子了，装什么天真！"我说。

他们不理我。

我抓颗石子朝河里扔，心想，这下他们的影子该被我击碎了。

可是奇怪，那颗石子咚的一声落在河面上，并没有往下沉。

我走过去看。

河面结冰了！

这么快就到冬天了！

"这是镜子冰，"悟净说，"而且还是连体冰，非常结实，我们可以上去玩儿滑板车。"

八戒赶紧找来宝贝滑板车，屁颠屁颠地走到冰上玩起来。

我很负责地嘱咐道："慢点儿，别掉进冰窟窿！"

悟净忍不住走到冰上，和八戒一起玩儿。

滑板车到了冰面上，那就相当于宝马到了不限速的高速公路上，本事全发挥出来了。

八戒和悟净快玩儿疯了。

"师父，您也来呀！"悟净大声说，"快乐的事要一起分享，您快来呀！"

八戒也嚷嚷："师父，来啊！"

说实话，我早就想玩儿滑板车了，但是怕玩儿了以后，徒儿们会说我这么大岁数了还装帅，所以一直憋着。

这下被他们一召唤，我的心就痒痒了。

追逐快乐的时候，暂时忘记自己的身份、年龄，只要不忘自己是个人。

我放下师父的尊严和架子，一步一步走上冰面。

好滑呀！

"不对，天气没有冷到极点，河里不可能结这么厚的冰。"悟空突然在我身后大喝一声，"有妖怪！"

他的话音刚落，只见不远处的八戒和悟净连同滑板车一起掉下去，瞬间滑出我的视线。

咔嚓一声，我脚下的冰裂开了，我的身体连同一股锥心刺骨的寒气滑入深渊。

瞬间，我的眼前一片漆黑，我觉得自己快死了。

不知过了多久，等我睁开眼，看见的是一个玲珑剔透的水下世界。

真的很美哟！晶莹的水墙围出一个像宫殿一样的地方，水草轻轻摇曳，鱼儿自由穿梭，一列横行的螃蟹不紧不慢地跳着韵律操。

音乐骤起，穿着大唐美服的女子们在我面前一字排开，摆出大唐的舞姿。

两个身着大唐宫女装的小妹妹像风一般走过来，给我斟满清香的碧螺春茶。

我忽然有一种回到大唐的错觉。

谁说我遇到了妖怪，这里分明就是一个和谐美好的小唐朝啊！

才过了一会儿，音乐就停了，妹妹们都随即散去。

两个光着脊背的人模鱼样的家伙各自拎着一把明晃晃的杀猪刀，恶狠狠地看着我。

我吓得突然很想小便。

“大鱼儿交代过了，在吃你的肉之前，让你听听唐朝的音乐、看看唐朝的舞蹈，也算死而无憾了。”其中一个妖怪对我说。

“你还有什么遗言？”另一个妖怪问我。

我用衣袖抹抹额上的汗水，问："大鱼儿是谁？"

"你管那么多干什么！"他们朝我吼。

如果我没猜错，他们说的"大鱼儿"应该是这儿的主人，是想吃我肉的妖怪。

我很害怕，但想到西去取经的伟大事业，想到亲爱的徒儿们，想到重情重义的世民哥哥，想到温柔善良的观音菩萨，我的勇气便一点点堆积起来。

我沉着冷静地说："我不知道大鱼儿是谁，但是大鱼儿这三个字，让我想起小时候的一件事，不知道你们想不想听。"

"有故事当然要听啦！"两个妖怪放下屠刀，盘腿在我跟前坐下。

于是，我更加从容了。

"有一天，我到寺庙外的河边去打水，大老远就看见河面上漂着一具银白色的尸体——好大一条鱼，足足有我的一条手臂那么长！出家人以慈悲为怀，我费了好大的劲儿才把它捞上岸。没想到这条大鱼还有气息，只不过它的肚皮被什么东西刮伤了。我把它放进水桶，悄悄带回寺庙，悉心照顾。没过多久，它的伤就好了，我依依不舍地把它放回水中。后来我经常想起它，要是它有个名字，也可以叫大鱼儿吧。"

两个家伙听了，十分感动，热泪盈眶。

一个说："没想到和尚对我们鱼类那么好。"

另一个说："我们应该知恩图报才对。"

"我不求鱼类报恩，只希望太太平平上路，到西天求取真经，造福大唐的子子孙孙。"我冠冕堂皇地说。

这时候，一个鱼头人身的大个子出现了。虽然他的样子有些吓人，但我尽量很有气势地保持着风度。

他含着热泪说："唐僧，你太善良了！看在你有恩于我们

鱼类的分上，我放你去西天。”

我喜出望外：“我的两个徒弟呢？”

“那个大胡子和尚可以放，那头白白净净的猪就留给我们吧。”他说。

我想了想，说：“白白净净的猪其实有口臭，你留下他，恐怕他的口臭会传给你。”

“那我不要了，都还给你。”他说，“不过你也要小心，别被他传染上口臭。”

我松了口气。

出家人戒说谎，但为善而说的谎言，可以谅解。

我今天说了两次谎，可以谅解。

正月初六

天气：大雪纷飞　心情：难过转开心

一晃又一年过去了。

茫茫大雪铺在山林野草中，天寒地冻，一片萧瑟。

我们出来好几年了，也不知道现在的大唐究竟是什么模样，我那慈眉善目、威武神勇的世民哥哥过得咋样了呢？当年在皇宫里载歌载舞的姑娘们也都嫁了吧？

昨夜我梦回大唐，与世民哥哥有短暂一叙。他比前几年多了一个下巴、三道皱纹、数十根白头发，说话也啰嗦了。

他说，做皇帝其实很辛苦，身体一日不如一日，不知道能否等到我取经回去再见。

这话说得我泪水涟涟。

亲爱的世民哥哥呀，弟弟何尝不想早日取得真经，回大唐与你团聚？只是这取经路漫漫，山隔水阻，还有妖怪算计，哪是三年五载就能到达的？恐怕得走上十几年啊。哥哥要养好身子，结结实实等我呀！

想到这儿，我的眼泪又下来了。

悟空看见了，推推我说："师父，你想妈妈了？"

"瞎说，师父怎么会想妈妈！"八戒凑过来说，"男子汉不想妈妈，只想姑娘。”

“二师兄才瞎说，”悟净说，“我看师父是想妈妈、想家、想大唐了。”

我仰起头看胡子拉碴的悟净。

原来最了解我的人，是默默无闻的悟净。他到底是卷帘大将下凡，厉害！

真经难取，知音难求。

我站起身紧紧拽住悟净的手，激动地说：“徒儿，你是为师的知音啊！”

悟净高兴极了，一直傻笑。

有时候我觉得，悟净是三个徒弟里面最聪明的，只不过他比较低调，不善于表现而已。

下午，飞扬的雪终于停了。

可是，积雪挡住了我们西去的路，我们只好在路边的破屋里等待雪化了再赶路。

郁闷啊，又要耽搁几天。

这是我出来后过得最冷清的春节，没有热闹的集市，天气状况差，吃不好，睡不好，心情不好。

正当我们一个个唉声叹气时，天上晃晃悠悠落下一个好大好大的气球，落在离我们不远的雪地上。

“莫非又有妖怪？”我警觉地说道。

“师父莫怕，俺老孙瞧瞧去——”

徒弟们争先恐后地冲过去，围着气球捣鼓一阵，一个个提着一些稀奇古怪的东西过来了。

“雪橇！师父，这儿有雪橇！”

“还有五双雪地靴，每人一双，连白龙马都有了！”

“还有滑雪杖和滑雪板！”

“这下我们可以继续赶路了！”

他们兴奋地嚷嚷。

我双手合十，神经紧绷：“阿弥陀佛。徒儿们，这究竟是不是妖怪的算计？”

“不是，”悟空递给我一块方绸，说，“瞧，你皇帝哥哥的亲笔信。”

我激动地展开方绸，果然是世民哥哥的笔迹：

哈喽！御弟，西去之路波折不少吧？辛苦啦！算好了这阵有大雪，为了不影响你们出行，我特地花大价钱研发制作了热气球，算好时辰、算好距离，让它一直往西飘，飘到你眼前。但愿这份惊喜会让你心怀温暖，抱抱。

我的眼泪又来了。

心心相惜，暖暖如流。

哥哥自己省吃俭用，连个暖阁都舍不得建，却为我研制热气球，还捎来这么多新鲜好用的玩意儿，叫我怎能不感激涕零？我发誓，就算死无葬身之地，我也一定会勇敢地沿西去之路走下去。如果某一天我遭遇不测，请不要为我难过，我将化身一缕清风，飞回大唐，把哥哥床边紫色的风铃轻轻吹响，以后的以后，我就是你生命里最忠诚的乐师，永远为哥哥歌颂，永远为大唐祈福。

三月初三

天气：小雨　　心情：忧郁带着激动

今天下小雨，绵绵不断。

徒儿们嚷嚷：“这种该死的天气，山路太难走，我们找个地方歇歇吧。”

我说：“难道你们不觉得在柔柔细雨中缓缓西行，是一件浪漫至极的事情吗？”

这是一个反问句。

徒儿们最讨厌听我说反问句，所以都互相噘嘴巴。

我决定停下来指点指点他们，让他们懂得什么叫雨中的浪漫。

下雨就是天在说话，小雨是低声细语、娓娓而谈，大雨是口若悬河、侃侃而谈，冰雹是妙语连珠、出口伤人。

当然是小雨最好。

“我给你们唱首歌吧，”我说，“你们都闭上眼睛。”

他们不情不愿地闭上了眼睛。

我抬起头，深情凝望如轻纱一般的雨帘，任雨丝划过面颊，沁人心脾，然后柔声地、略带忧郁地唱起来：

三月里的小雨淅沥沥沥沥沥

淅沥沥下个不停

山谷里的小溪哗啦啦啦啦啦

哗啦啦流不停

小雨陪伴我小溪听我诉

可知我满怀的寂寞

请问小溪谁带我追寻

追寻那一颗爱我的心

唱完，我百感交集，连喉咙都哽咽了。

“太伤感了。”八戒轻轻啜泣，“这漫天飘飞的雨雾，让我想起在高老庄的快乐生活，白天干活哼味哼味，晚上睡觉呼噜呼噜，日子过得很爽。哪像现在，吃不好，睡不够，还随时有生命危险。”

“想必我魂牵梦萦的花果山，此刻也是细雨如丝吧？”悟空也多愁善感起来，“我不在的日子，亲爱的猴儿们过得爽不爽呀？”

悟净吸吸鼻头，问我：“什么叫爽？”

他是徒儿们中间最不耻下问的。

我略加思索，从身旁开满花的桃树上忍痛摘下一朵桃花，说：“亲爱的忠厚善良、任劳任怨的悟净，为师给你送花了，请你收下。”

“哇！”悟净兴奋得连说话都结巴了，“幸福啊……还没有……人……送过我花儿……”

“你看你现在多爽！”我拍一下他的肩膀说，“这就是爽！”

“哦，”悟净抓抓头发，摘下一大把桃花，捧到我眼前，“师父，我给您这么多桃花，您爽不爽？”

然后，他又去摘更多的桃花，送给悟空和八戒。

“我要大家都爽！”他激动得像个花痴。

我生气地喊：“桃花是要结桃子的！我罚你一辈子不许吃桃子！”

四月十四

天气：晴朗　　心情：激动加感动

金角、银角来信了。金角和银角就是两个想吃掉我，后来却因为喜欢我唱的歌，被我教化成功的妖怪。

好激动！好欣慰！好感动！

信的内容还可以，就是格式不对，一看就是小时候没学好语文，跟上次“白姑娘”（曾经的白骨精）的来信不能比。

首先是称呼没有顶格写，其次是缺少问候语，第三是缺少祝福语，最后是署名和日期的位置颠倒了。

最让我受不了的是，他们居然称呼我为唐僧哥哥，让我觉得不是在叫我唐僧哥哥，而是内心在叫我唐僧公公。

信的内容如下：

唐僧哥哥：

谢谢你教我们唱大唐的歌。大唐的歌真好听！

自从唱了大唐的歌，我们再也没有心思去做那些伤天害理的事了，我们成了不称职的妖怪，年终考核时被定为“不合格”，奖金一分没拿到。

我们辞职不干了，跟妖界说拜拜了，够潇洒吧？（我们的辞职在妖界引发了不小的轰动，很多妖怪都跟着辞职了。）

现在我们兄弟俩过得很悠闲，有事没事唱唱歌，发发呆，拔拔草，喝喝水，跷跷二郎腿。呵呵，顺便想想你。

感谢唐僧哥哥，要不是你，我们还继续在妖界胡作非为。

现在我们想知道，不做妖怪很多年后，我们会不会变成神仙？不变成神仙也没关系，整天唱自己喜欢的歌，我们比神仙还快乐。

对了，我们最近迷上了创作歌曲，下面这首歌是我们兄弟俩专门为你写的：

你，长得帅帅，风度翩翩

你，温和善良，浅笑吟吟

亲爱的唐僧，我们的哥哥

你历经坎坷，是不是很累很憔悴

你一路西去，是不是也想家想妈妈

无论你走到哪儿

请记得想你念你的金角和银角

常常在月黑风高的夜晚

唱起你教的大唐的歌

怎么样，还不错吧？

4月4日

金角和银角写

六月三十

天气：阴沉沉　心情：慌了一回

今天启程的时候，我觉得胸口有些堵。

午饭前，我们走在山下的林子里，忽然不远处升起一团红光。

“红光是吉祥之光，我们要发财了。”八戒乐呵呵地盘算着说，“要是捡到小钱呢，咱们就置办一辆商务车，开车去西天；要是捡到大钱呢，咱们就置办一架直升机，那样走得更快；要是捡到一座金山，我看咱们就干脆住在金山上别走了，哈哈，享不尽的荣华富贵！”

“出家人发财做什么？”悟净一本正经地说，“金钱如粪土，越多越碍事。咱们的正事是取经。”

我立即向悟净竖起大拇指：“棒棒棒！你真棒！”

“不对！”悟空大喝一声，“是妖怪！”

我吓得连小腿上的肌肉都一颤一颤的。

“保护师父！”悟净连忙护在我跟前。

八戒抓起钉耙，睁圆眼睛，紧紧注视红光飘起的地方。

紧跟着，红光朝一边闪去，飘远了。

“还好，是个过路妖怪。”悟空松了一口气，“没事儿了。”

大家都放松了警惕，我们继续往前走。走了一会儿，我隐约听见一个孩子在呼喊“救命”。

对“救命”之声充耳不闻者，必遭报应。

我下了马，快步走过去，看见一个孩子被吊在树上，身上赤条条，只穿一个红色的兜肚。

我救下了他。

他对着我的脸吹了口气，我便失去了知觉。

我的知觉总是那么容易失去。唉！

当我醒来的时候，发现自己在一个叫做“火云洞”的山洞里，山洞里很宽敞，装修得很豪华。

那孩子笑嘻嘻地站在我跟前。

“你好！”我说，“你小小年纪就使坏，难道是妖怪？”

“嘻嘻，我只是个小孩子，怎么会是妖怪？我叫红孩儿。”他说，“我请你到家里来，因为我太寂寞，想让你陪陪我。”

“你爸爸妈妈呢？”

“爸爸成天打麻将、喝酒，夜不归宿，妈妈每天去做美容、练瑜伽，家里就剩下我一个人。”

“可怜的独生子女。”我叹口气说，“那我就牺牲一点取经的时间，陪陪你吧。”

“好开心！”红孩儿从桌子底下端出一盘火红的果子，笑眯眯地说，“我们来玩个游戏，叫一问一答。我问，你答。要是你答错了，就要吃一个果子。”

我很高兴做这样的游戏，反正肚皮饿了，故意答错就可以吃果子。

“你觉得我长得帅不帅？”红孩儿问。

我很为难，说他帅吧，就没果子吃；说他不帅吧，虽然可以吃到果子，但他会不高兴的。

“帅。”我说。实际上他很帅嘛！

红孩儿大笑着说：“我长得一点儿都不帅，和我爸爸比差多了。人家都说，我爸爸是十大美男子之一，怎么生下我这么丑的孩子？”

“哦，这么说我答错了？”说着，我捏起一颗红果子毫不犹豫地放进嘴巴。

“哈哈！”红孩儿狂笑着说，“唐僧，没想到你这么大岁数还这么天真！你吃了我的红云果，不到半个时辰，骨头就会软化，到时候我只要用三昧真火轻轻一烤，你的骨肉就全酥烂了！”

我浑身冒出汗来，感觉越来越无力。

但是，我不能就这么等死，因为伟大的取经事业还等着我去完成，亲爱的世民哥哥对我寄予厚望，我的徒儿们也经受不住失去我的打击，所以我要活着。

我想了想，对红孩儿说：“其实你真的很帅。在我们大唐，你这样的长相，简直就是最杰出的美男子。”

“真的？”他有些怀疑。

我说："我们大唐每三年就要举行一次美男子选拔赛，经过一轮轮 PK，最后胜出的人会得到一颗长生不老丹，然后风光无限地用公费出游。周游列国后，再回国做一个自由自在、万人景仰的王爷。"

"真的？"他叫起来，"既可以长生不老，又可以做王爷！"

"唉，可惜我活不成了，不然我可以给你写封介绍信，让皇帝允许你参加选美大赛。"我假装无奈地说。

红孩儿咂咂嘴，从桌子底下端出一盘碧绿的果子，捏一颗塞进我的嘴里："这样你就死不了啦！"

我的身体很快就恢复了力量。

"还等什么？你快写啊！"红孩儿心急了。

正在这时，一朵祥云从天而降，观音菩萨笑眯眯地来了。

"红孩儿，你不要耽搁唐僧叔叔取经，还是我带你去大唐吧。"观音菩萨说，"大唐祈福寺的伙房里正缺一个烧火的和尚，你的三昧真火烧出来的饭菜，一定特别香。"

"啊？"红孩儿张大嘴巴。

晚上，悟空告诉我说，红孩儿其实是牛魔王的儿子。

牛魔王是美男子吗？谁评的？一点儿都不靠谱。

七月十三

天气：晴　　心情：不好也不坏

今天的气温非常高。

才走了十二里路，徒儿们就嚷嚷着不走了。

我说这样怎么行呢？学蜗牛是爬不到西天的！

八戒第一个钻到路边的树阴下，噘着猪嘴嘀咕：“去西天的路这么难走，也不知道什么时候能到。”

“早着呢，”悟空也跟着窜到树下，“如果把去往西天的路比喻成一根甘蔗，那么我们现在才走到甘蔗的第二节。”

“这根甘蔗一共多少节？”八戒问。

“二十八节。”悟空说。

“什么？”八戒的小猪眼一翻，几乎晕过去。

“别说了，一个劲儿向前走，总有一天会走到西天的。”悟净说着，把上衣脱下来拧出一汪水，又穿上。

穿湿衣会得抑郁症。

我对悟净说：“湿衣服怎么能穿呢？行李箱里有师父的干净衣服，你挑一件宽松的换上。”

悟净激动万分：“我可以穿师父的衣服？”

“叫你穿，你就穿。”我说。

悟净赶紧手忙脚乱地去翻我的衣服。

“我也湿透了！”八戒说着，学悟净的样子把衣服扒下来拧，也拧出一汪水。

“那你也挑一件吧。”我说。

八戒扭着屁股去挑衣服。

悟空呢，在一边一个劲儿做俯卧撑，哼哧哼哧累得满头大汗。

我说：“你为什么这么折腾自己呀？”

过了一会儿他停下来，火急火燎地把自己的衣服脱下来，学着悟净和八戒的样子，拧出一汪水，得意地说：“这下我的衣服也湿透了，也可以穿师父的衣服了。”

我叹口气说：“穿吧穿吧，每人一件。”

我下了马，坐在树下看他们穿我的衣服，就像欣赏一场时装秀。

八戒先套我的蒙娜丽莎牌T恤，发现拉不上，只得换上丝绸之路牌袈裟。

悟净比较中意我的兵马俑牌衬衫。

悟空居然挑了我的苏州牌绣花睡衣。

他们穿戴完毕，在我面前一字排开，神气活现地走起了模特儿步。

别瞧他们一个个猪模猴样的，走起秀来还不错，穿着袈裟的八戒庄重了不少；穿着衬衫的悟净男人味儿足得冒烟了；穿着睡衣的悟空可爱至极。

我经不住他们的诱惑，也乐呵呵地换上一套酷毙了牌西装，和他们一起走步。

“都这么大岁数了，耍什么帅？”悟空嘟囔。

“这么热的天穿西装，盼着起痱子啊？”八戒嘀咕。

我像个孩子似的低下了头。

十二月初五

天气：小雪转多云　心情：害怕转不害怕

今天下午赶路的时候，我们遇到一座特别的桥。

一般的桥面都是凸型的，而那座桥的桥面却是凹型的，一直凹到水面上，就像一张大大的吊床。

“一定是谁不小心把桥建反了。”八戒说。

“不一定，”悟空说，“可能是被谁一拳头打反了。看俺老孙一拳头把它掀过来。”

我连忙阻止道：“出家人怎么可以对一座桥动武？如果连一座无辜的桥都要挨你的拳头，那你的良心会过意不去的。久而久之，你会在自责中郁郁而终。”

悟空似懂非懂地说：“什么叫郁郁而终？我只知道郁郁葱葱，就是毛发很茂盛的样子。呵呵，师父的睫毛郁郁葱葱。”

八戒和悟净赶紧凑上来看我的睫毛。

“有什么好看的！”我潇洒地把头一甩，“走吧，过桥。”

徒儿们听话地走上桥。

奇怪的是，这桥明明是石桥，走上去却晃晃悠悠的，仿佛走在木板铺成的吊桥上。

“师父，小心点儿。”悟空突然说，“这座桥可能是妖怪变的。”

“不会吧？”我瞪圆眼睛说，“妖怪没事儿变桥干什么？让人从他的肚脐眼上过，多恶心！”

“师父，看这儿有字！”悟净指着脚下的一块方砖说。

我顺着他指的方向看去，只见上面写着：颠倒桥。

“真是个适合的名字，”我说，“桥背和桥腹的确是颠倒了。”

“大家小心些！”悟空紧张地说，“我觉得有些不对劲儿。”

我的心揪得紧紧的。

“哎呀，没事儿！”八戒大大咧咧地说，“大师兄，你不是火眼金睛吗？这颠倒桥要是妖怪变的，你早就看出来了，还用等到现在？”

“可能这个妖怪的工龄特别长，平时练功特别认真，功力特别强，所以我看不出来。”悟空说。

“啊？”我慌了，“还有你看不出来的妖怪？”

八戒使劲儿摇晃猪脑袋，说：“不会的，不会的！这么好的一座桥，打死我都不信它是妖怪变的。”

“是啊，不会的！”悟净也说。

我们小心翼翼地走着，不一会儿就到了桥面中央。

桥面晃动得越来越厉害，我们不得不死死抓住桥上的栏杆。

“悟空啊，无论如何你得想个办法，让这座桥不要再晃动了，我的肠子都要晃出来了！”我大声说。

可是悟空似乎没有听见我说话，他趴在桥面上研究着什么。

悟净在后面紧紧扶住我，让我感到了一丝安全。

八戒呢，居然在桥面上扭屁股，还兴奋地嚷嚷：“好玩儿，真好玩儿！”

“我知道了！”悟空终于研究出名堂来了，大声说，“师父，桥面上用很小的文字写着，要过这座颠倒桥，必须使自己的身体颠倒过来，也就是倒立着走。”

我唐僧一路西行，走过的桥成千上万，都是脚踏实地一步步走过去的，今天居然要倒立着过！

我当然不愿意。

男人两条腿走路，方可至千里万里。

“大丈夫走路两脚踩地，四平八稳，怎么可以学孩童一样倒立？”我大声拒绝。

“可是不倒立走的话，您就过不了这桥！”徒儿们说。

我不接话。

唉，难道命中注定我会遇到这样一座有无理要求的桥？难道命中注定不答应这座桥的无理要求，我就会在这剧烈的摇晃中因为内脏脱位而死？

我不甘心啊！

我的取经伟业还没有完成，我的世民哥哥每天等着我凯旋的消息，还有关心我的观音菩萨对我期望那么高。

“师父！”徒儿们给我鼓劲儿，“倒立走吧，您一定行的！”

我的脑袋已经被晃晕了，肠子好像在肚子里移了位，心脏好像已经被晃到了右边的胳肢窝下。我挣扎着说：“那我就豁出去了。”

幸亏我小时候学过倒立，这回派上用场了。

我在悟空和悟净的保护下倒立起来后，果真感觉不到桥面的晃动了。

太神奇了！

我们三个过了桥，大大地松了口气。

可是，八戒还在桥上。他坐在那儿，双臂紧紧搂住一根栏杆，发痴似的使劲儿往上拔。

“八戒看中了那根栏杆。”悟空说，“他想占为己有。”

这还了得！

我命令悟空：“把八戒叫过来，我们继续赶路。”

悟空说：“他不听我的。”

“那就把他空运过来！”我加强语气说。

悟空说：“这样做不礼貌吧？”

正说着，嚓的一声响，那根栏杆被八戒拔下来了。紧接着，轰的一声巨响，颠倒桥突然断裂，石砖纷纷掉落河里。

八戒也跟着掉了下去。

大冷天，我真担心他会冻成冰坨。

“哎呀呀，闯大祸了！”我着急地说，“这可如何是好，如何是好！”

悟净赶紧下河救八戒，可是八戒死死抱着那根栏杆，越沉越下。

“师父不要急，我有办法。”悟空说着，从后脑勺拔下一根毛，吹了一口气，就变出一只巨大的鹰。

那鹰扑扇着翅膀，拨开水面，用双爪把八戒怀里的栏杆抢去，抛向空中。

奇迹出现了——颠倒桥瞬间恢复了原貌。

不不不，不是恢复原貌，而是比以前更好——它变成了凸型的，恢复正常了。

这下，以后过这桥的人就不用倒立着走了。

八戒却满腹牢骚，对那根栏杆念念不忘：“你们不知道，那根栏杆跟我当年当天蓬元帅时，在嫦娥家门前的桥上看到的一模一样，我好喜欢哟！”

原来他到现在还惦记着嫦娥！

正月初二

天气：晴朗　　心情：大喜

又一年过去了。

背井离乡这么些年，也不知道大唐是否依旧繁华安宁。

清晨旭日东升的时候，我情不自禁地感慨：“太阳还是这个太阳，天还是这片天，我的心却一天比一天想家。”

八戒说：“我很想回高老庄那个家，那里的馒头又大又香。”

“我也很想回花果山看看猴儿们。”悟空说。

在我的感染下，徒儿们都想起了自己以前的家。

我们托着下巴，面朝东方，痴痴地想。

心诚则灵。

突然，天空飘下一张张黄灿灿的纸。

“来信了！”八戒激动地大叫，“一定是高老庄来信了！”

我们七手八脚把那些纸捡起来。

居然是福利彩票！

“每人一张，不可以多拿！”我对徒儿们说。

徒儿们每人拿着一张彩票，兴奋地祈祷自己可以中大奖。

我说：“说不定这彩票是风尘仆仆从大唐飘过来的，你们闻闻，上面还有大唐的泥土味儿呢！"

"我闻不出。"悟空说。

"我也闻不出。"八戒和悟净都说。

"快把刮奖区刮开，看看是不是中大奖了！"八戒迫不及待地把自己那张彩票的刮奖区刮开。

突然，嗖的一声，从刮奖区跳出来一个白面馒头，越长越高，最后长到跟八戒一样高。

八戒喜出望外地搂住馒头说："我中奖喽，一个巨型馒头！哈哈，够我吃一个星期了，我要每天背着它！"

悟空也忍不住刮开刮奖区。瞬间，一副蚕丝白手套从彩票里蹦出来，贴到悟空的胸膛上。

"妙妙妙，我一直想要一副这样的手套！有了它，我舞金箍棒时就更帅了！"悟空大喜。

悟净紧跟着刮开彩票。一刹那，刮奖区弹出一把手臂那么长的红木折扇，扇面是大唐的书法和山水画。

悟净欣喜若狂地喊："我早就梦想有一把这么风度翩翩的折扇了！"

他是个诗人，诗人都喜欢折扇。

徒儿们都中了奖，纷纷围住我，嚷嚷着要我赶紧刮开刮奖区。

他们都得到了自己想要的东西，我会不会也那么好运呢？我有些担心。

在刮奖之前，我念了自认为有用的一串口诀。

然后，我用大拇指甲盖郑重其事地刮开刮奖区。

呀！忽然乌云遮日，大风撼树，飞沙走石。

“是不是要地震了？”悟空大喊，“保护师父！”

徒儿们迅速将我围在中间。

一束金光追着风剪开漫天的乌云。顿时风不见了，阳光灿烂起来，金光变成一把金色的木琵琶，划着优美的弧线，轻巧地飞向我的怀抱。

我抱着琵琶喜极而泣，想起小时候在寺庙里学琵琶的快乐时光，想起大唐街头优雅的艺人，想起大唐宫殿里美轮美奂的歌舞。

琵琶正是我朝思暮想的物件。有了它，我可以弹起乡音，唱起乡曲，以解思乡之苦。

我们都得到了自己想要的东西。

是谁这么了解我们？

高兴之余，突见观音菩萨的美丽倩影渐渐隐入天边。

她和我的世民哥哥一样，喜欢给我们惊喜。

正月十六

天气：阴　心情：郁闷

昨天深夜，八戒养的那只宠物乌龟永远地离开了我们。

悟空说，它是饿死的，因为八戒只知道给自己吃，而不知道给它吃。

悟净说，它是被吵死的，因为八戒的呼噜声最响时达到了三百六十分贝。

我觉得它是被熏死的，因为八戒的脚实在是太有味道了。

八戒流着鸡蛋大的泪珠儿说："你们都别说了，其实它是被我压死的，我不小心翻了个身而已。"

三月初四

天气：晴朗　心情：复杂

今天，我们到了车迟国。

车迟国的庄稼地里泥土泛白，好几处都裂了口子。

良地若渴，颗粒无收。

要是再不下雨，老百姓就没吃的了。

突然，我看见附近地里有三个影子在追逐打闹，像羊，像鹿，又像虎。

我揉揉眼睛对悟空喊："地里有猛虎，你快去打虎！"

我亲眼看见过老虎吃人，所以特别恐惧。

悟空机灵地钻进庄稼地。

这时，一位老农迎面而来，慌里慌张地对我们说："你们是和尚？车迟国不欢迎和尚，你们还是赶紧走吧，免得被国王抓住，那是要坐牢的！"

"为什么？"我们大叫。

老农说："二十年前，车迟国闹旱灾，国王请和尚求雨，和尚没有求到雨。国王一气之下，就把所有的和尚都抓进了监狱。后来多亏三个大仙帮忙降雨，不然大家早就饿死了。国王为了感谢这三位大仙，将他们奉为国师。至于那些和尚，到现在还被关在牢里呢！”

“岂有此理！”我勃然大怒，“国王怎么可以对和尚这么没礼貌！”

“师父，我们一定要把和尚都救出来！”悟净说。

八戒说：“多一事不如少一事，我们是去取经的，又不是多管局派来管闲事的。”

我说：“一定要救人。”

同情和尚之余，我对三位大师肃然起敬，嘱咐八戒和悟净：“明天我们去拜见国王，如果遇到国师，一定要非常有礼貌，因为他们是值得我们尊敬的降雨大仙。”

“什么叫国师？”八戒问我。

我还没开口，悟净就抢着回答：“国师就是教国画的老师。”

“哦。”八戒点点头。

“不对！”我说，“国师是帝王对于佛教徒中一些德才兼备的高僧所给予的称号。”

这么长的句子，弄的八戒和悟净的脑子转不过弯来。

“你们还是走吧，快走吧！”一旁的老农急了。

我说：“谢谢您善意的提醒，我们会保护自己的。”

老农摇摇头，不解地走开了。

不一会儿，悟空回来了。

我问：“打死老虎没有？”

“师父有所不知，刚刚您看见的那三个家伙其实是妖怪，一个是虎精，一个是鹿精，还有一个是羚羊精。”悟空说，“他们使了妖术帮忙降雨，老百姓都以为他们是神仙，国王居然奉他们为国师！到时候，我一定要把他们打出原形！”

“你说三位降雨的大仙是妖怪？不可能！”我说，“妖怪怎么会帮车迟国求雨？妖怪只会害人。”

八戒和悟净也认为不可能。

悟空说：“那三个妖怪为车迟国降雨是有目的的，他们想在时机成熟时抢国王的宝座，逍遥自在地统治车迟国。到时候，他们害人的真面目就会暴露出来。”

我还是不相信悟空的话。

或者说，我不愿意相信。

为什么这个世界上有那么多妖怪？谁创造的？

三月初五

天气：晴朗　心情：舒服

天没亮我们就起来乔装打扮一番，让人看不出我们是和尚，然后去拜见车迟国的国王。

烦死了，每到一个国家，我们都得请国王在我们的护照上加盖公章。

国王在大殿接见了我们。

我们自我介绍说是从大唐来的游客，路过车迟国，听说国王长得帅气，人又好，所以慕名来拜见。

国王听了很高兴。

我看见三位道士打扮的国师，嚣张跋扈地坐在国王身边。

交谈中，我有些害怕，悟空说他们三个是妖怪，十有八九他们就是妖怪。

国王说："据我所知，大唐的人都非常聪明。我们来玩儿脑筋急转弯吧，看看是你们大唐人聪明，还是我们车迟国的国师聪明。"

我应允了。

国王出题："电影院禁止吸烟，但是电影放到一半时，有个男人居然大模大样地吸烟，但却没人出面制止他。这是为什么呢？”

国师一抢先回答：“因为大家看电影太投入了，根本没有在意有人吸烟。”

国王摇头。

国师二说：“因为吸烟的那个男人是大官，别人不敢制止他。”

国王又摇头。

国师三说：“因为那个吸烟的男人是隐身人，大家看不见他吸烟。”

国王还是摇头。

三位国师一脸茫然。

我对八戒使了个眼色。

八戒站起来叉着腰，风度翩翩地回答：“正确答案是——因为吸烟的男人是电影里的人。”

国王立即向他竖起一根大拇指：“太棒了！连大唐的猪都这么聪明，可见大唐的人有多聪明！”

国王说着，吩咐大臣奖励一只烤乳猪给我们享用。

和尚当然不可以吃烤乳猪。

“怎么不吃呢？”国王说，“难道你们想拒绝我的赏赐？”

没等我们说话，国师突然站起来指着我们说：“他们不是游客，是去西天取经的和尚！”

“和尚？百无一用是和尚。我最讨厌和尚！”国王大怒，“来人啊，将这帮和尚打入监狱！”

正在这时，有人来报城外的庄稼地又闹干旱了，请国师赶紧帮忙降雨。

悟空连忙对国王说：“没错，我们是取经的和尚，但我们也能降雨。您要是不信，我们愿意跟国师比试比试，看谁能降下雨来。”

国王摆摆手说：“和尚都是白痴，没有降雨的本事。”

我说：“还是让我们比试比试吧，到时候我们要是没求到雨，您再把我们关进牢里也不迟啊！”

“我们愿意比！”国师一说。

“不过，谁要是输了，就必须被砍头！”国师二说。

“绝不可以耍赖！”国师三说。

悟空说：“要是我们赢了呢？”

“那就放你们去西天取经。”国王说。

说好了，我们就到殿外搭起的高台上比赛求雨。

三位国师齐上阵，为公平起见，我方也只能派出三位，分别是悟空、八戒和悟净。

我负责呐喊助威。

国师们又是念咒语，又是摇响铃，就是降不下半滴雨。

徒儿们只在原地发了几秒钟呆，忽然间雷声隆隆，大雨倾盆。

我们赢了。

按照规定，输的一方将被砍头。

国师们想逃走，悟空吹口气将他们定在原地，再吹一口气，他们都现出了原形——一只鹿、一只羚羊和一只老虎。

国王吓得大叫，躲到我身后直发抖。

悟空抡起金箍棒想把三个妖怪的头砍下来。

我说："出家人慈悲为怀，不要砍它们的头，把它们交给我吧，让我想想怎么处置。"

国王羞愧难当："没想到我帅气又聪明，英明又勇敢，却被妖怪玩弄于股掌，太衰了，呜呜呜。"

说罢，他下令把被关的大批和尚都放了出来。

三月初六

天气：继续晴朗　心情：继续舒服

今天早上开会，出席对象是饿了一夜的妖怪——一只鹿、一只羚羊和一只老虎。

会议有三项议程：第一项议程，宣读表彰决定；第二项议程，颁奖；第三项议程，我作重要讲话。

以下是表彰决定：

因为鹿、羚羊、老虎曾经为车迟国求过雨，特授予它们“车迟国护国将军”称号，它们必须永久待在车迟国，且必须履行两大义务：第一，看守车迟国二十七万平方公里的疆土，以自己的身体抵挡外敌侵略，确保国土完整，必要时随时准备为国捐躯；第二，切不可再为妖，永远不要对国王的位置流口水，那只会让自己的灵魂陷入万丈深渊。

宣读完表彰决定，我把奖品（三个馍馍）放在地上，对它们说：“我讲一小段经，讲完你们就可以吃东西，然后守卫疆土去吧。”

它们咽着口水，目光痴痴地盯着馍馍。

我滔滔不绝地讲起来……

等讲到嘴唇发干，我才抬眼看它们，它们不知何时已经饿昏了。

悟空过来拍拍我的肩膀说："师父，您已经讲了六个时辰了。"

原来我这么能讲啊！

哈哈！

今天很开心，因为我参加了一个养生培训班，获得了很多养生知识。

事情是这样的：

我们师徒四人走到集市上，看见一个小胡子男人免费演讲，所以就站在一边听了一会儿。没想到小胡子讲的都是养生知识，很多说法我们之前没听说过。我们越听越上瘾，就掏钱报名参加了小胡子举办的养生培训班。

因为急着赶路，所以我们报了速成班，只要今晚参加一次就可以。收费挺离谱，四个人交了足足四头牛的钱。

可恨的是，悟空和八戒临时变卦，说怕走夜路，还说有我和悟净两个人去就足够了，回来传达就行。

我只好带着悟净去。

小胡子男人说自己姓庄，毕业于拉斯维加斯大学，研究生是在密西西比河念的，又在委内瑞拉读了博士学位。

这些是地名还是学校名，我们不得而知。谁叫我们都没听说过，更没去过呢！

我以为自己从大唐来，这几年算是见多识广了，哪曾想连个小胡子男人都比不上。他那么能说，说得那么吸引人，真令我佩服。

培训班设在一个茶馆的二楼，也就一百多平方米，却挤了一千多个人。但一千多个人不发出一点儿声音，乖得像木头。烛光莹莹，只有庄专家的声音徐徐入耳。

他说，掌握了养生之道，人活一百二十岁是夭折，二百二十岁才算步入青春期，九百六十岁以上才算老年人。

他说，养生其实很简单，就是什么都要讲究正好。吃饭正好，睡觉正好，说话正好，干活正好，心情正好……

当然，这个“正好”是很难把握的，而且每个人的“正好”也不一样。

讲到一半，他不知怎么的突然注意到了我（大概是我风度太好，形象太出色了）。他请我上去，当着那么多人的面为我“把脉”。

庄专家把我从上到下打量一番，然后凑近我的嘴唇闻了闻，再摘下我的帽子看了看我的脑袋，对我说：“您身体的底子不太好，如果不注意养生，活不到六十岁。”

我吓了一跳。

他不慌不忙地说：“我帮你找到你的‘正好’，你照着做，就能增寿了。”

我连忙作揖，迫不及待地说：“专家请讲，快请讲。”

他说：“人活着，吃是第一位的，吃饭正好是最重要的。您先把吃的问题处理好了，再来找我。”

“那我吃多少算正常呢？”我忙问。

庄专家对我说：“看得出您的肠胃功能不好，平时是不是吃饭没规律？”

“是啊是啊，干我这行的，吃饭真是没规律。”

“您是做哪行的？”他很感兴趣。

我说：“也就走走，一直走。”

“哦，”他似乎明白了，“您是送快递的。这么说您的工作很辛苦，忙起来不一定能找到东西吃。这样吧，我这儿有一麻袋自己吃的食物，送给你吧。一日三餐就吃这个，一餐吃三百颗，一天吃九百颗，不可多，也不可少。”

他笑吟吟地从旁边抱起一个半人高的麻袋，递给我。

我接过来，感激得说不出话，半天才说：“我怎么能随便要你的东西？这样吧，我怀里还有些钱，你都拿去吧。”

他摆摆手说：“说了是送给你的，不要跟我客气。”

我很吃力地把麻袋递给身后的悟净，然后从怀里拿出私房钱，交到庄专家手上。

在那么多羡慕的眼神里，我跟着肩扛麻袋的悟净走出茶馆，帅得不行。

生而知道养，方可生生不息。

养生很重要，我要好好养生。

三月二十七

天气：阴沉沉　心情：说不出什么感觉

庄专家送给我的，原来是一麻袋绿豆。

徒儿们大呼上当，说绿豆是很普通的豆子，看相比不上黄豆，营养不及红豆，口感比不过青豆。反正，他们觉得我亏了。

哎，我要是不那么激动把怀里的钱掏给庄专家，徒儿们准会说我占了便宜。

在这个世界上，出钱买的东西，再便宜都会觉得贵。

既然专家说吃绿豆可以养生，我当然得吃。早上起床后，悟净端给我一碗飘着韭菜叶的汤泡饭，我摆摆手说："从今天开始，为师每天只吃绿豆，一日三餐，每餐三百颗，一日九百颗。"

悟净很听话地搬出麻袋，给我数三百颗绿豆，然后问我："生吃还是熟吃？"

我拍大腿喊："哎呀，不知道啊！昨天没问庄专家。"

八戒一边吃汤泡饭一边说："生吃会胀死的，当然是煮熟了吃。"

"什么死啊死的，别在师父面前说不吉利的话，"悟空跳过来说，“师父，还是煮熟吃吧，加点白糖，撒点桂花干，放一把大红枣，搁几颗桂圆，加两个荷包蛋，铺一层大银耳，密密稠稠煮上一小锅，一定特补身体。”

我摸摸他的小下巴说：“你这泼猴，要是照你说的去做，不出三五天，师父定会无端生出一堆肥肉，要下巴没下巴，要腰身没腰身，鼻子都会陷在肉里找不到。到时候，我与生俱来的自信就全没了。”

“哦，”悟空若有所悟，“师父想保持身材，就只能吃白水煮绿豆了。”

“白水煮绿豆，师父吃得下？”八戒嘴角上挂着韭菜叶子，对我说，“师父，我敢说，白水煮绿豆你最多愿意吃三天，第四天肯定作呕。”

“呆子，闭上你的韭菜嘴！”悟空说，“师父是什么人，你又不是不知道。师父的坚持性特别好，做事特有毅力。即使吃到第四天会作呕，他老人家也绝不会在我们面前表露。明白吗？”

八戒一脸疑惑地问：“为什么不在我们面前表露？”

悟空来了句深奥的话：“这就是师父，师父之所以能成为师父，道理就在其中。”

这猴子！

我正要催悟净去煮白水绿豆，没想到悟净很为难地说：“师父，其实我的算术不怎么好。刚刚数绿豆，是大约数的，很不精确，可能多了，也可能少了。没关系吧？”

“怎么能没关系？”我有点儿生气，“昨晚专家的培训你也参加了，没听专家说吗？一餐吃三百颗，不可多也不可少。你好好再数一遍。”

悟净乖乖地又数一遍，完了向我汇报：“奇怪了，刚刚大约是三百颗，怎么再数一遍就变成五百颗了？”

我跳起来喊：“误差这么大？再换个人来数，还是让八戒数一下吧。八戒，赶紧数出三百颗绿豆来，交给悟净煮给我吃。为师饿坏了。”

八戒舔干净碗，晃着大肚皮过来数绿豆。肥大的猪爪费力地捏起一颗一颗小小的绿豆，捏一颗数一个数：“一、二、三、八、七、六、九……”

我哭笑不得：“你念过小学吗？”

八戒抬起肉嘟嘟的脸，无辜地望着我：“什么叫小学？”

我摆摆手说：“算了，悟空，现在只能依靠你了。麻烦你帮为师数出三百颗绿豆来交给悟净，让他给我做水煮绿豆。为师快要饿疯了。”

悟空二话不说，扔下碗筷就过来数绿豆。到底是见过世面的，数起数来得心应手，他甚至会一次拿两颗，一双一双地数，八戒和悟净看得目瞪口呆。

可是，数到一百以上，悟空的表现令我失望：“一百一、一百二、一百三……一百十、两百、三百……”

我气得直咳嗽。

真让人无语。

没办法，我只好亲自数了。我耐下性子，盘腿而坐，将绿豆一颗一颗捏起来，再一颗一颗数给徒儿们听，直到数得眼冒金星、嘴唇发颤。

当悟净端着热气腾腾的白水煮绿豆叫我吃时，我已经饿得睁不开眼了。

“师父，您吃吧，这绿豆我煮了大半天了。哎呀，没想到小小的绿豆这么难煮烂。”悟净说，“您若真要一日三餐都吃白水煮绿豆，我看咱们就没法儿赶路了，因为煮三顿绿豆，就得花整整一天时间。”

再次无语。

我挣扎着坐起来，吃了徒儿们剩下的半碗韭菜汤泡饭，抹抹嘴，对他们说：“把那一麻袋绿豆留在这片田野吧，会有老农来拾取，然后当种子种下。”

“师父，您不养生啦？”徒儿们感到奇怪。

我严肃认真地告诉他们：“师父年轻力壮、玉树临风、风流倜傥，养什么生？”

顺自然者添岁。

就让一切顺其自然吧。生命的意义不在于活的时间有多长，而在于是否做过有益于他人的事。

取经要紧。

三月二十八

天气：多云转晴　　心情：释然

今天我才知道，其实徒儿们都会数数，数到三百绝对没问题。

今天我才知道，悟净煮一碗白水绿豆，实际上连一个时辰都用不了。

今天我才知道，他们合起伙来戏弄我，是不想让我上所谓的养生专家的当。

观音菩萨派人捎话来了，说抓到一个姓庄的假冒的养生专家，专门用绿豆糊弄人，赚的钱钵满盆满，盖别墅、开奔驰、游列国。

原来庄专家是假的。那真正的养生专家在哪儿呢？

我坐在马背上寻思了半天才幡然醒悟，真正的养生专家就是自己，因为没有谁比自己更了解自己。

于是释然。

五月初五

天气：万里无云　心情：悲痛

今天是端午节。

我想起了屈原，不免悲从中来。

“路漫漫其修远兮，吾将上下而求索。”这是屈原写的，多鼓励人啊！

那么才华横溢的诗人，那么忠贞不屈的爱国志士，那么帅气、那么风度翩翩、那么铁铮铮的汉子，却最终选择投江自尽。唉，也不知道历史记错了没！

早上我对徒儿们说，今天我们休息半天包粽子。

八戒高兴地乱叫，悟净也乐开了花。

走了这么多年，大家都累了，休息半天是应该的。

悟空却抓耳挠腮地问：“师父这么大岁数了，还嘴馋？”

我很不高兴：“端午节包粽子是为了纪念屈原，不是为了解馋！”

“屈原是谁？”悟空眨巴着眼睛问，“是师父家的祖宗？”

悟净抢先说：“我觉得像是哪路神仙。”

“管那么多干什么，赶紧包粽子吧！”八戒嚷嚷起来，“师父，咱们分一下工，大师兄负责摘粽叶、找白糯米和蜜枣；师傅负责包粽子；沙师弟负责煮粽子。好不好？”

“那你呢？”悟空和悟净问。

“我负责吃。”八戒揉揉肚皮，不好意思地说，“这是我最擅长的活。”

我说：“在包粽子之前，我先给你们讲讲屈原的故事。最不认真听的人，负责摘粽叶、找白糯米和蜜枣；第二不认真的人，负责包粽子；第三不认真的人，负责煮粽子。”

“那师父您负责干什么？”他们问。

我说：“我负责把煮好的粽子投进江里去喂鱼。”

“啊？”他们跳起来，“包粽子是为了喂鱼？”

我耐心解释：“屈原是投江自尽的，我们把粽子投进江里喂鱼，鱼儿就会吃粽子而不吃屈原，懂吗？”

徒儿们你看看我，我瞧瞧你，懵懵懂懂。

我给他们讲了屈原的故事，没想到他们都听得那么认真，还吧嗒吧嗒掉眼泪，弄得我也哭得稀里哗啦。

虽然最后我们因为找不到粽叶、白糯米和蜜枣，没有包成粽子，但是，徒儿们接受了一次很好的爱国主义教育。

六月二十

天气：阴转多云　　心情：激动

最近取经队伍有些不文明现象，我决定开个会，重申一下纪律，整顿一下作风。

成功者之所以成功，是因为懂得待机而动。

开会也是如此，要选择好开会的时机。

我认为午饭之前是开会的最佳时机。

开饭前，我把饭盆放在行李箱上，让徒儿们围着行李箱坐好，说："下面我们在饭菜的香味中，有滋有味地开会。"

"还开会？这不明摆着是在好看的电视剧前面插播没完没了的广告吗？烦不烦！"八戒嘟囔，"我的肚皮快饿破了。"

"破了更好，"悟空嬉笑着说，"你正好减减肥。"

八戒抡起钉耙要打悟空的脑袋，悟空上蹿下跳。

"别闹了！"我厉声喝道，"开会！"

"开会开会，别闹了。"悟净帮忙吆喝。

等他们都坐定了，我说："大家都知道，我们的取经队伍组建起来不容易，走到今天这一步更是不简单。大家跟着我风餐露宿，没香的吃、没辣的喝，夏天没空调、冬天没暖气，一路还要斩妖除魔，辛苦了！但是，不能因为你们辛苦，我就不指出你们的不足。最近咱们的队伍中出现了一些不文明现象，下面我随便举几个例子。”

徒儿们开始交头接耳。

“安静！”我正襟危坐，“不文明现象之一，有人在行进过程中不止一次采路边的野花，还把野花夹在大耳朵后面臭美。野花也是活生生的一条命啊，你这么做跟踩死一只蚂蚁、掐死一只癞蛤蟆、杀死一个人有什么区别？至于是谁，我就不点名了啊！”

八戒的猪脸一阵阵泛红。

“不文明现象之二，有人不止一次随地大小便。”我继续说，“大小便是绝对允许的，但要选择合适的地点，树林里可以，西瓜地里不可以，把西瓜弄脏了多恶心！小河边可以，小河里就不可以了，把鱼熏死了多作孽！不要以为你长得机灵我就看不到你随地大小便，我的眼睛不比你的火眼金睛差。至于我说的是谁，也就不点名啦。”

悟空缩着脖子，低下头偷笑。

“不文明现象之三，有人半夜里爬起来一边摇折扇一边写诗，弄得周围全是墨汁味儿，熏得我睡不着觉。”我说，“不要以为你的胡子比我的多很多，我就不敢说你。为了维护你的自尊，我就不点名啦。”

悟净羞答答地别过脸去。

我提高音量道：“下面我重申一下咱们取经队伍的八百条纪律，大家仔细对照一下自己的行为，有则改之，无则加勉。”

我滔滔不绝地说着，徒儿们一会儿看看我的嘴唇，一会儿盯着行李箱上的饭菜咂嘴巴。

等饭菜全都凉了，然后馊了，我才说完八百条纪律。

“吃饭吧，”我的喉咙哑了，“抓紧时间，吃完赶路。”

徒儿们闻着馊饭菜，皱起眉头来。

看他们以后还敢不敢违反纪律！要是再出现不文明现象，我就再在开饭前开会。

八月初三

天气：晴　心情：忐忑ing

今天上午，我们师徒四人行走在荒野中，被一排竹篱笆挡住了去路。

这排竹篱笆有半人高，扎得特别整齐漂亮，稀稀疏疏，往左看不到边，往右也看不到边，总之很长很长。

白龙马在竹篱笆跟前停了下来，载着我左右徘徊，似乎不想跨过去。实际上对小白来说，这半人高的障碍根本不在话下。它不愿过去，说明这竹篱笆有问题。

徒儿们也都在竹篱笆跟前止步，看着这奇怪的篱笆议论纷纷。

我的直觉是——妖怪来了！

尽管之前每次面对妖怪，我都能凭借非凡的人格魅力（帅气、幽默与智慧）将他们善化，但是这次，我预感事情没那么容易解决。

“悟空，”我赶紧问，“你看出端倪来了吗？这竹篱笆可有诈？”

悟空面露难色：“这竹篱笆的确怪异，不带妖气，却带几分仙气。”

“仙气？”我激动起来，“你是说，这竹篱笆是仙物，难道是神仙变的？”

“我不能确定。”悟空摸着下巴说。

“神仙吃饱了没事干，变成竹篱笆出来阻挡我们取经的路？”八戒扛着钉耙向我请示，“师父，让老猪用钉耙试试这篱笆，看它被砍之后会有什么反应。”

“不可鲁莽，这竹篱笆的后台硬着呢。”我摆摆手说，“万一它真是神仙变的，触犯了神仙咱们可就麻烦了。”

“怕什么，咱们的后台也硬着呢，有观音菩萨。”八戒说。

我瞪他一眼：“你以为观音菩萨是你姑妈呀，什么都帮你。”

八戒吐吐舌头，只好放下钉耙。

“师父，”悟空把我从马上扶下来，表情严肃地跟我说，“经过我的缜密判断，这竹篱笆的确是神仙变的。”

“哪位神仙？”我疑惑不解道，“他为何要断我取经之路？”

“神仙也做坏事啊？”八戒嚷嚷，“好狗不挡道！可见那神仙也不是什么好神仙。”

“不会吧。”悟净瞪圆眼睛，“神仙不会跟咱们作对的，只会帮助我们啊。我看这竹篱笆没准儿是妖怪变的。”

八戒嗅了嗅，说：“别怕，也许这只是一个玩笑。咱们胆子大一些，从这竹篱笆上跨过去不就行了？大不了不要碰到篱笆。”

这是一个放肆的提议。

“跨过去？不可以。”我说，“神仙变的仙物，怎么能受凡人的胯下之辱？真要过去，咱们就从这篱笆缝里挤过去。”

悟空表示赞成：“师父说得有道理，从篱笆顶上跨过去确实很没礼貌，咱们还是从篱笆缝里钻过去吧。”

八戒委屈地说：“你们看看我这体格，能从篱笆缝里钻过去吗？”

我拍拍他的肚皮说：“把肚子吸进去，你就能过去了。”

“是啊，快吸进去。”悟空和悟净都说。

八戒听话地施了个小法术，把自己的大肚子变没了，神气活现地笑。他苗条了，我看着还真不习惯。

“师父，谁先过去？”悟空请示我。

我说：“我喊一二三，咱们四个人一起钻过去。”

于是，我们师徒四人靠近竹篱笆，每人对准一道篱笆缝，侧过身。

“一、二、三！”

我们先伸脑袋再伸肩膀，可是就在我的身体移到竹篱笆中间的时候，竹篱笆突然收紧，发出吱嘎吱嘎的声音。我被卡在篱笆中间，过不去也回不来，动弹不得。

“卡住了，卡住了！”徒儿们都大声喊。

我们全被卡住了，这下我慌了。

“师父，怎么办啊？”八戒很着急，“猴哥不是说这竹篱笆是神仙变的仙物吗？怎么把咱们全卡住了？这是想吃您的肉，还是想吃俺老猪的肉啊？”

“这鬼篱笆怎么像老鼠夹子，可我们不是老鼠啊！”悟净很气愤地说。

悟空大声喊：“是哪路神仙？请松开这该死的竹篱笆，放我们过去。要是耽搁我师父的取经大事，看俺老孙怎么收拾你！到时候我管你是神仙还是鬼仙，定将你打成一堆白骨，绝不客气！”

“悟空、八戒、悟净，少安毋躁。”我说，“办法总比困难多。快试试，看能不能将这篱笆扯松了，出去一个是一个。”

徒儿们这才住嘴，使劲拱篱笆，嘴巴里还咿咿呀呀喊着号子。然而，尽管他们使出了浑身力气，还是不能使竹篱笆松动。

“悟空，你快变成蚊子，竹篱笆就卡不住你了。”我提醒他说。

悟空丧气地说：“我试过了，不行啊！这竹篱笆是仙物，法力和我相克，我的七十二般变化暂时失灵了。”

我清了清嗓门，对着悠悠蓝天，很礼貌、很谦虚地说：“尊敬的神仙，我乃东土大唐前往西天取经的和尚，人称唐僧，今天路过这里，不知什么原因被这竹篱笆阻拦并且卡住。还请看在观音菩萨和我关系比较好的分上，看在大唐李

世民皇帝是我结拜兄弟的份上，让个路吧！”

没有回音。

“师父，别啰嗦了。”八戒着急地说，“猴哥，你再想想办法呀！”

“不行啊，”悟空很没面子，“我根本抽不出身，这竹篱笆的法力太大！”

“那可怎么办啊？”我沮丧道，“我师徒四人的性命今天就要断送在这儿了吗？”

阳光火辣辣地照射，我的衣服全湿了，只感觉眼冒金星，浑身无力。其实，自从走上取经之路，我就想过自己可能会在半路上丢了性命。没关系，反正也是因公殉职，世民哥哥会厚葬我的。但是在我的千万个关于死亡的想象里，没有出现过被卡在篱笆缝里晒死、饿死、愤怒死的情景。

我不甘，不愿啊！

过了一会儿，碧蓝碧蓝的天空中飘下一朵云，云上面站着一位神仙。

“哇，好帅！”徒儿们惊呼，“我们有救了！”

“悟空，来的是哪位神仙？”我的嗓子都哑了。

悟空回答：“太上老君！”

“太上老君？”我激动起来，“一直听说他品行不错，我们真的有救了！”

“老君，俺老孙正想去天庭找你呢，你倒来了。快帮帮忙，把我师父从这篱笆里救出来！”悟空喊。

太上老君摇着宝扇呵呵笑，念了句口诀，竹篱笆就松开了，闪着翠色的光芒，慢慢变小，最后竟变成一条玉色的栅栏式腰带，飞到太上老君腰上，牢牢地系上了。

原来这竹篱笆是太上老君的腰带。

这下悟空火了：“老君，你开什么玩笑？没事把自己的腰带丢下来害我们，说得过去吗？我要你赔！”

老君咧着嘴，笑着说：“大圣，你想我赔你什么？”

“赔偿误工费和精神损失费。”悟空说。

太上老君点点头：“是该赔偿。你有所不知，这根腰带是我的贴身宝物，我称它玉带小君。玉带小君的原材料是昆仑山脉北坡产的和田玉，由我亲自制作串联而成，已经在我腰上束了上千年，是无价之宝。久而久之，这腰带在天庭沾了仙气，也有了生命。这次它野性大发，趁我解衣小睡之际，跑下来变成竹篱笆和你们玩闹，实在不像话。送给你们吧，留作纪念。如果一路盘缠不够，那么还可以抵些钱。”

说完，玉带小君自行从老君身上落下，一直落到我的手腕上。

这腰带沉甸甸的，闪着富贵优雅的光芒。

我如获至宝，对着老君深深作揖。

“可是这么活泼、野豁豁的腰带，能听我的话吗？”我担忧地问。

太上老君把手上的宝扇朝我一划，一张字符飘到了我的手上，上面是一句口诀。

“记住这句口诀。如果玉带小君不听话，你就念口诀，它就不敢撒野了。”太上老君说完，挑挑眉毛飞走了。

这下我有了法宝。

八月初四

天气：又是晴　心情：大好

一夜睡醒，玉带小君不翼而飞。

我吓了一跳。它可是千年仙物，顽皮淘气又有本事，要是不看好它，说不定会去祸害人。

“出大事了，”我害怕地对徒儿们说，“昨天太上老君给咱们的玉腰带不见了。”

徒儿们都慌慌张张地四下寻找。

八戒急得眼泪都快出来了：“那可是无价之宝啊，少说也能换一座城，就算咱们不去取经，也可以买一座城自立为王，多好啊！怎么就不见了呢？”

“一定还没走远，俺老孙去追！”悟空说完，飞身就跑。

悟净拉拉我的衣袖，说：“师父，昨天老君教你口诀了，你现在可以念口诀，把玉带小君唤回来。”

“对对对，还是你聪明。为师这就念口诀。”

可是我念了很多遍很多遍口诀，仍旧不见玉带小君的踪影。

“这条野性难驯的腰带！”我摸摸下巴说，“它会去哪儿呢？”

我越想越急，急出一身汗，不由自主地脱下了外套。

“玉带小君！”八戒和悟净指着我大叫。

我低下头，看见它正环绕在我的腰际，把我的腰身衬托得帅极了、美极了。

怪不得我起床的时候觉得腰里沉甸甸的，原来这乖宝贝早就主动跑到我的腰上了。

灵物成仙，仙物显灵。

我好喜欢好喜欢这又仙又灵的玉带小君。

啊哈，能够系上太上老君系过的腰带，多么幸福啊！

八月二十二

天气：晴朗　　心情：高兴、激动

今天，观音菩萨托人带给我一双鞋子。

这双鞋子乍一看跟普通的布鞋没什么不同，但是穿在脚上，感觉特别轻巧舒服。

徒儿们分外羡慕，都哇哇乱叫，说观音菩萨偏心。

我说不可以说菩萨的坏话，不然会变成哑巴的。

他们这才住嘴。

可是，他们打起了这双布鞋的主意。

“我要穿穿！”八戒扭着水桶腰发嗲。

“我也要穿穿！”悟空晃着细胳膊撒娇。

“如果你们都穿穿了，那我也想穿穿。”悟净说。

我当然不会随便把布鞋脱下来给他们穿，如果他们穿在脚上不愿意还给我，那我岂不是亏大了？如果他们抢来抢去把鞋弄坏了，那我怎么对得起观音菩萨的一片好意呢？

据我所知，观世音菩萨很少送人鞋子。她积极主动地送鞋子给我，是对我的鼓励和鞭策，我要懂得珍惜。

懂得珍惜的人才配拥有。

略加思索后，我对他们说：“不是为师不想给你们穿。那个……你们都知道啦，为师患有严重的脚气，这一阵呢，发作得比较厉害。如果你们穿了我穿过的鞋子，那么百分之一百零一是要得脚气的。我不想害你们，所以你们要乖哦，别记挂着师父的鞋鞋了哈！”

“不嘛不嘛，我们要得脚气，得了脚气舒服嘛。”徒儿们不肯罢休，把我摇得几乎快散架了。

我想来想去，觉得最多只能给他们中的一个穿。

我说：“这样吧，我考考你们，谁答对了我的问题，我的布鞋就借给谁穿一天。”

他们很乖地听我提问。

我环视四周的树木，问道：“谁知道这方圆二十里有多少棵树？树上共有多少片完整的叶子？”

“这么难的问题我们怎么能答出来？”八戒鼓着腮帮子嘟囔。

“是啊，太难了。”悟净说，“没时间数，就算有时间数，也数不清啊！”

悟空耸耸肩膀说：“我知道，这方圆二十里一共有999999棵树木，树上一共有11111111111片完整的树叶。哟，刚刚一阵风刮过，掉了888888片叶子，减一下就行了。”

“对啦！”我拍拍悟空的肩膀说，“你有资格穿为师的布鞋了！”

其实，我也不知道有多少棵树、多少片叶子。

“好嘞！”悟空立即把我抱起来，脱去我的新布鞋，套在自己的脚上。

我心里好失落。

八戒和悟净都快把嘴巴噘到额头上了。

穿了新布鞋的悟空神气活现地抬起脚给大家看，可是鞋子有些大，他的脚只占了鞋子的前半截。

哈哈！八戒大笑着说：“猴哥哪儿是穿了布鞋呀，根本就是套了两只船！”

“大师兄穿着不合适的鞋，怎么走路呢？”悟净担心地说道。

“我就能走！你们瞧——”悟空屁股一扭，迈开大步朝前走去。

前面的路不平，不时会有小石子冒出来戳鞋底。这样下去，不到半天时间，新布鞋的鞋底准会磨坏。

我连忙招呼悟空过来：“悟空，为师骑马累了，你上来帮师父骑一会儿吧。”

“我不喜欢骑马。”悟空说。

我对八戒说：“八戒，你猴哥一路上降妖除魔太劳累了，你背他一段路吧。”

八戒不服气地说：“我也降妖除魔了，我也很累，谁来背我？”

我只得求助最乖的悟净：“悟净，你去背背你大师兄吧。”

悟净应了一声，赶上前去背悟空。

谁知悟空却说自己穿了新布鞋，感觉力气更大了，还将悟净背起来走。

这下我的新布鞋承受的磨难更大了。

我心疼得直冒汗。

直到晚上，悟空都舍不得把新布鞋还给我，居然穿着鞋子睡觉。

夜深人静时，我蹑手蹑脚地走过去，小心翼翼地脱下他脚上的新布鞋。

鞋底居然连一点儿摩擦的痕迹都没留下，这双鞋子还是崭新的！

观音菩萨真是太神了，送我的鞋这么经穿！

要是她下次送我一顶戴不旧的帽子该有多好呀！我的帽子跟着我西行了这么多年，日晒雨淋，早就褪了色，边角都磨破了，像一面生了锈的旧锅盖，一点儿都显不出我的帅气，难道她没看出来？

我悄悄祈祷！

八月二十九

天气：小雨转阴　　心情：欣慰

红孩儿来信了！

他写信的水平比金角、银角差很多，跟白姑娘就更没法比了。

他的信只是一幅画。

他的画十分简单，从上到下只画了三样东西。

最上面画了一根细长的手指，手指下面是一把大锅铲，最后是一盏油灯。

徒儿们怎么也看不明白。

我一看就明白了，那根手指是观音菩萨的，那把大锅铲是寺庙伙房里的，那盏油灯是寺庙禅房里的。呵呵，他的意思是，他受观音菩萨的指派，去大唐祈福寺的伙房里当了伙夫，有空时还挑灯夜读。

这孩子总算被教化过来了。

九月二十九

天气：晴朗　　心情：感动转失望

今天，我发烧很严重。

确切地说，我从昨天夜里就开始觉得不舒服，脑袋昏沉，眼睛睁不开，整个人迷迷糊糊的。

我早上根本动不了身，也不知道是怎么回事。

重病来，天塌地陷。

徒儿们急了。

悟空火急火燎去找药，悟净慌慌张张去烧水，剩下八戒一个人趴在我身上哭。

“师父啊师父，您怎么病得这么重呢？看样子您熬不过今晚了，到时候我们三个只能分行李散伙了。可是老猪不想这样啊，老猪希望师父活下去！从小到大，没有一个人像师父一样对我这么好，只有师父不嫌弃老猪吃得多，不嫌弃老猪打呼噜，不嫌弃老猪发牢骚。师父是天底下最好的师父！老猪要是没有了师父，那就相当于身体没有了脑袋，怎么活呢？”

我听着又想笑又感动。

“师父啊，如果有一种药可以把你医好，哪怕它远在北极，我也要不辞辛苦去寻找。”八戒絮絮叨叨地哭喊着。

我觉得好欣慰。

不一会儿悟空回来了，他对八戒说：“医治师父的药远在北极呢！你去找吧。”

八戒支支吾吾地说：“我本事小，去了不正好喂北极熊吗？还是猴哥你去吧！”

我刚燃起的感动之火又瞬间被浇熄了。

悟空什么也没说，把一颗药塞进我的嘴巴，拍拍我的胸脯说：“没事儿了，师父。”

原来，他是试探八戒呢！

八戒羞红了脸。

十月初三

天气：晴朗　心情：有些害怕

今天，我们到了通天河。

河水滔滔，茫茫似海。

河上没有桥，河边的石板上写着：回去吧，你过不去。

我的心猛地往下一沉，伤心不已：“悟空、八戒、悟净，没想到咱们辛辛苦苦走了好几年，却被一条河拦住了去路，怎么办啊？难道我的取经伟业就要断送在这条河上了？我不甘心啊！”

我越说越难过，几乎要哭出来了。

悟空搂住我的胳膊说：“想哭就哭出来吧，男人哭吧哭吧不是罪。”

“总会有办法的。”我强忍住眼泪，“徒儿们，去找些竹子做成竹排，咱们坐在竹排上渡过河去。”

“有没有搞错？”悟空叫起来，“这么大的浪涛，我们坐竹筏肯定会被吞没的！”

“是啊，是啊！到时候我老猪喂鱼没关系，师父您长得一表人才，怎么可以当鱼的下酒菜？”八戒说，“要不咱们分了行李散伙吧，各回各的去处。”

“不行，”我坚决地说，“咱们一定要渡过这条河！”

“师父说得对，咱们一定要想办法过去！”悟净支持道。

我想了想，办法来了：“心诚则灵，你们都坐下，跟我一起念经。”

徒儿们乖乖地盘腿坐下。

我们对着滚滚河水，认真地念起经来。

“咱们要念到什么时候？”八戒忽然问。

“不知道，”我说，“别开小差。”

“要是念到头发花白、牙齿掉光，我们还不能渡过河去，那可怎么办？”八戒又问。

我说：“不会的，心诚则灵。”

我们闭上眼睛，继续专注地念经。

不一会儿，下雨了。

我们在滂沱的大雨中继续虔诚地念经。

我们真了不起！

也不知过了多久，雨停了，只听悟空呀呀地乱叫。

我睁开眼，看见波浪滔天的河面上出现了一道美丽的彩虹。

弯弯的彩虹像座桥，从通天河的这头跨到那头。

“阿弥陀佛！”我大喜，“徒儿们，快快上桥，快快走路！”

“这座彩虹桥会不会是妖怪变的？”悟空有些担心地说，“等我用火眼金睛观察一番。”

“哎呀，来不及了！”我说，“等你观察好彩虹就消失了，我们还怎么过河？”

“是啊，天底下哪儿来那么多妖怪！抓紧时间过桥才对嘛！”八戒说。

我头一个走上桥去。虽然彩虹桥的桥面很光滑，但是走在上面一点儿都不打滑。

“徒儿们快跟上，快……”

话没说完，我只觉得整个身体往下沉，穿过水面一个劲儿往下掉。

我掉进了一个叫做“美龟世界”的水宫。

好紧张，好害怕！

一个鼓着眼睛的鱼头人身的怪物对我鞠了个躬，说：“唐僧先生，你好哇！我等你等得好辛苦，你终于来了！”

他看上去很有礼貌，不像妖怪。

“听说吃了你的肉就会长生不老，看在我这么有礼貌的份上，可不可以让我吃一口你的肉呢？”他居然这么说，“就吃一小口。”

我吓得直哆嗦，但马上告诉自己要冷静：“那个，你想吃我的肉？很好，这说明你是一个有理想的妖怪。不管是人还是妖，有理想总是好事情啊。”

“谢谢夸奖。”怪物很高兴，“那么让我吃一小口吧。”

“你想吃我的肉还不容易吗？”我强颜欢笑，“我唐僧心

地最善良，知道大家都想吃我的肉，所以随身带着呢！”

我说着，就把手伸进怀里，磨蹭了好一会儿，掏出一块肉色的豆腐干。

“这就是我的肉，最嫩的一块胸脯肉。”我说。

怪物两眼放光，急忙伸手过来拿。

“等等，”我说，“吃了我的这块肉，你得帮我个忙，送我们师徒渡过这条通天河。”

“好说，好说。”怪物把那块豆腐干捏起来，伸出舌头将它卷进去，一下就咽进去了，直说：“真香，真香。”

说完，他一阵狂笑，庆贺自己会长生不老。

然后他说：“谢谢你，唐僧先生。我这就送你们过河。”

他对着河水猛吹了口气，河水便从中间断开，露出两米宽的河床。

我叫来徒儿们，轻轻松松过了河。

突然，我觉得裤管好像被什么东西拖住了，低头一看，原来是一只大乌龟。

它真的很大，比八戒的腰还粗。

它说，它才是“美龟世界”的主人，那妖怪强行霸占了它的地盘。它求我灭了那个妖怪。

我便指派徒儿们去捉拿那个怪物。

徒儿们潇洒转身，陆续跳下河，和怪物打斗了一阵，便把那个怪物拎出了水面。

"煮了它！"八戒说。

"你们煮不了我，我已经吃了唐僧肉，会长生不老的！"怪物得意地说。

这时，只见菩萨现身一念口诀，那怪物便现了原形。

原来是一条鱼！

大乌龟开心地鼓掌："啊哈，妖怪被铲除了，'美龟世界'又是我的了！"

我们准备继续西行。

大乌龟握着我的手说："我已经修炼了一千三百多年，会说人话。你见到如来佛祖时，麻烦你帮我问问，我什么时候能变成人的模样？"

我爽快地答应了。

我们背好行囊，继续赶路。

十二月初七

天气：万里无云　　心情：紧张

太阳很好，很温暖。

以前我在大唐的时候，很不喜欢晒太阳，总担心会晒黑，怕自己会变成烂香蕉的颜色。现在才知道，男人黑一点更帅。

比如说悟净，他就黑，看起来更帅。

他真的很有男人的样子，哪像悟空和八戒呀，简直就是怪物。

今天，我们乘船到了女儿国。

徒儿们问我为什么叫女儿国，我说估计这个国家不搞计划生育，每户人家都生了很多女儿。

因为口渴，我和八戒舀了河里的水来喝。

我们刚喝完水，肚子就鼓胀起来，而且很痛。

我们下了船，进了城，却没见到一个男人。

女人们用奇怪的眼神看我们，还指指点点，一个个都笑成了一朵花。

她们的表情让我想起以前在大唐寺庙里的时候，和尚们看到漂亮女施主的表情。

我有些怕怕。

悟空打听了一下才知道，这个女儿国根本就没有男人。古往今来，女人生女人，代代相传，从没有男人进来过。难怪我们成了稀罕物。

我们在一处客栈歇息，窗户上满是偷看我们的眼睛。真吓人。

我和八戒肚子痛得大汗淋漓。

悟空和悟净赶紧去找治疗肚子痛的药。

他们回来汇报说："师父，您和八戒没生病，只是怀上了宝宝，恐怕快要生了。"

我们要生宝宝？我吓坏了。

男人生孩子，这不是狗拿耗子多管闲事嘛！

悟净说："师父，您和八戒喝的是女儿国子母河里的水，喝了这水就怀上宝宝了。"

我气得跳脚："为什么不在河边竖一块警示牌，上面写'严禁喝水，违者就要怀宝宝'呢？"

八戒说："算了算了，不就是生宝宝吗？别人还没这机会呢！既然咱们怀上了，那就生呗！你生你的小和尚，我生我的小猪猪。"

"是啊是啊，"悟空说，"你们安安心心地把宝宝生下来，高高兴兴地把宝宝带大。西去取经的任务就交给我和沙师弟吧！"

“对对对！”悟净拍拍胸脯说，“女人负责生宝宝，我们男人负责取经。”

“我什么时候成女人啦？”我暴躁极了，“我和八戒绝对不会把宝宝生下来。我们是和尚，和尚不可以生宝宝！要是我们生了宝宝，会成为天上地下的大笑话！你们一定要想办法帮我们把宝宝打掉！”

悟空和悟净耸耸肩膀，赶紧去找打胎药。

我和八戒疼得抱在一起直打滚。

一切随缘。

我知道肚里的宝宝跟我有缘，但那是恶缘，不是善缘。

过了好久，悟空和悟净终于取来一碗水，我们喝下后，肚子很快就瘪下去，也不痛了。

我的心这才放下来。

嗯，晚上睡个好觉。

十二月初八

天气：晴朗　　心情：兴奋转害怕转激动

今天我们去见女王，请她在我的护照上加盖公章。

女王长得慈眉善目，令人赏心悦目，兴奋不已。

她看见我非常高兴，亲切地叫我“唐僧哥哥”，这让我很难为情。我们聊得很愉快。

晚饭过后，女王安排悟空他们三个洗桑拿浴，然后单独把我领到表演场，给我表演杂技。

我没有想到一个国家的最高领导人居然这么没有架子，她头上顶着浴盆，手上提着水桶，轻轻松松走钢丝，还在钢丝上溜旱冰。

如果世界上每一个国家的国王都能这么顽皮可爱，那么世界会多么美好！

如果菩萨和佛祖也都能这么顽皮可爱，那么世界会多么和谐！

女王表演完杂技后，我站起来拼命地鼓掌。

这时，一个大臣模样的女人走过来说：“这有什么，我还会弹琵琶呢！”

她说完，就从屁股后面摸出一把只有我的帽子那么大的琵琶，一下一下弹起来。

那乐声真是美妙绝伦。我在乐声里陶醉了，感觉全身轻飘飘的，渐渐失去了知觉。

当我醒来的时候，发现自己在一个叫毒敌山琵琶洞的地方，有些阴森，分明就是妖怪的住处。

那女妖抱着琵琶对我说：“唐僧，你已经中了我的毒，现在只要我每拨一下琵琶弦，你身体的经脉就会断掉一根。等你的经脉全都断了，我就可以吃你的肉了。哈哈！谁不想长生不老啊！”

我的额头渗出密密的汗珠。

我甚至能感觉到经脉即将迸裂的簌簌声。

这个妖怪有点强！

再强的妖怪也有致命点。

我强作镇定，把她从头到尾打量一番，重点观察她的琵琶。我发现琵琶上的弦很脆，很容易断。

我便跟她套近乎：“小妹，你学琵琶很辛苦吧？”

她乐了：“你叫我小妹？我看起来很年轻，是吗？”

“当然，”我说，“你看起来比女王年轻一百岁。”

她哈哈大笑，手指在离琵琶弦 0.1 毫米的地方徘徊。

我的心绷得紧紧的，但还是很有风度地说：“其实我不怕被你吃掉。我虽然是个和尚，但很喜欢交朋友。茫茫人海，知音难求，好不容易遇见你这个知音，却要分开。”

“我才不是你的知音。”那女妖扬着下巴，不屑地望着我，手指随时有拨动琵琶弦的意思，“我只想吃你的肉。”

“你知道吗？我也很喜欢弹琵琶。琵琶是我的至爱，是我生命中不可缺少的东西。”我说，“两个无比热爱琵琶的人，难道不能算是知音吗？”

女妖来劲儿了：“你是男人，而且是和尚，怎么可能也会弹琵琶？”

我说：“如果你跟我慢慢相处，会发现我身上有很多很多的特长。除了弹琵琶，我还会演讲、做菜、玩滑板车、斗地主、喝咖啡、说梦话、打电话、骑马、游泳等。”

我滔滔不绝地讲着，她睁大眼睛听着。

“不过我最最喜欢的还是弹琵琶。”我慢悠悠地说，“以前在大唐的时候，我每次弹琵琶，都会吸引很多人驻足欣赏。他们都说，听了我的琵琶声，再累的心都会变轻松。”

“是吗？”女妖有些兴趣，“那你弹给我听听。”

“可是我没有琵琶。”我耸耸肩膀说。

“我有。”

“你那琵琶怎么能弹？一弹我的经脉就断了。”

女妖说：“你弹没事儿，我弹的话，你的经脉才会断。”

我小心翼翼地接过她的小琵琶，紧张地弹了一下，果然没事，然后使劲儿弹，装成很投入的样子，边弹边唱。

“太美妙了！”女妖忍不住鼓掌，“你真是我的知音！”

她放弃了吃我的念头，还告诉我，她其实是一只蝎子精，变成人的模样在女儿国混了个大臣，但一直没做伤天害理的事，希望能长期留在这里。

我说："只要你永远行善，没人能把你赶出女儿国。"

她哭着说："还没听说有哪个人会这么信任妖怪。唐僧哥哥，你是第一个。"

呵呵，连妖怪都这么夸我，我觉得自己太了不起了。

十二月初九

天气：阴转小雨　　心情：浓浓的忧伤

今天下午，我们离开了女儿国。临行前，细雨绵绵。

分手在雨天，情谊永缠绵。

女王妹妹紧紧握住我的手，千叮咛万嘱咐："唐僧哥哥，路上注意安全，不要玩水，不要玩火，也不要玩自己。"

她还送给我们很多新衣服和新鞋子。那些新衣服和新鞋子是我们在女儿国的这几天，女人们自发为我们做的。

我感动得都有些不想走了。

八戒干脆坐在地上不起来，说要留在女儿国做女婿。

蝎子精妹妹噘着嘴巴走过来，把小琵琶送给我，说留作纪念。

还有那么多善良的人，都依依不舍地望着我们，不希望我们走。

这个女儿国的人情味好重好重，重得让人伤感。

我低下头，大喊一声"上路"，便骑上马绝尘而去。

我没有回头，因为我知道只要一回头，我就真舍不得走了。

正月初六

天气：阴　　心情：很爽

今天傍晚，悟空和八戒为晚上吃什么发生了争执。

悟空说："喝粥吧，粥容易消化，而且喝粥不容易发胖，悟净也容易做。"

悟净听了，赶紧搭灶熬粥。

八戒说："我想吃面条。面条营养丰富，吃起来容易，只要吱溜吱溜地吸就行。"

悟净听了，又马上找面粉，准备和面、擀面。

悟空说："擀面太麻烦，太费体力了。沙师弟，别听呆子的，继续熬粥。"

八戒说："沙师弟，擀面条吧，老猪就想吃面条。"

悟净左手熬粥，右手擀面条，忙得晕头转向。

挑吃者可恶。

我实在看不下去了，就对悟空和八戒说："老虎不发威，你们以为我是病猫吗？吃吃吃，就知道吃！大过年的，也不体谅体谅你们的师弟。悟净挑了一天的行李都累坏了，还要给你们做两种晚饭，你们太不心疼他了！"

悟空和八戒这才停止了争论。

悟净左手停止熬粥，右手也停止擀面，一脸为难地问我：“师父，那咱们今晚究竟吃什么？您做主吧！”

我想了想说：“喝粥的话，夜里尿多影响睡眠，面条做起来太费事儿。简单点儿，咱们包饺子吃。”

悟净张大嘴巴，傻乎乎地望着我。

悟空和八戒把头别过去嘎嘎嘎地笑。

我说：“笑什么，还不赶紧动手？八戒，你负责做饺子皮；悟空，你负责去买两斤韭菜；悟净，找找上次的醋吃完了没，吃完的话赶紧去买！”

我说完，往行李箱上一坐，舒舒服服地看着他们去忙。

其实，我早就想吃韭菜馅儿的饺子了。

呵呵。

三月十二

天气：阴　心情：气愤

今天上午，我们从一座风景秀丽的大山下经过。

万木发绿，百花争艳，令人心旷神怡。

突然从路边的树林里窜出来一伙强盗，面目狰狞地要我们“留下买路钱”。

天下之路天下人走。

买路？简直荒唐！

我耐着性子给强盗们讲道理：“天是天下人的天，山是天下人的山，水是天下人的水，路是天下人的路，统统不是你们的。钱我倒是有一点，但不是用来买路的，我们一路西去取经，要花钱的地方多着呢！怎么可以用来买路？你们一个个面色红润，肌肉发达，为什么不去打工挣钱，偏要走上这抢劫的罪恶之路？”

“你怎么这么啰唆！”强盗头子喊，“不给钱就拿命来！”

强盗们一呼百应地朝我们打过来。

徒儿们挡在我前面，不容分说抡起武器抵抗起来。

悟空举着金箍棒对着强盗们一阵乱劈，当场就打死几个人，吓得其他强盗抱头鼠窜。

我火冒三丈:“姓孙的,瞧瞧你干的好事！毛毛躁躁杀死好几个人,作孽啊！”

“他们是强盗,抢不到钱就抢命,我不杀他们,难道等他们杀我们吗？”悟空狡辩道。

“他们只是一时糊涂,罪不至死啊！你为什么要动真格？八戒和悟净就做得很好,哪像你,一棒一棒砍人,棒棒都取

人命，太让我伤心了！你走吧，回你的花果山去，我不要你这样歹毒的人！”

我感觉心脏剧烈地跳动，胸中充满怒火，不得不下马来念经，好让自己平静一些。

八戒和悟净一个劲儿劝悟空向我道歉。

悟空扭过脸去，非但不向我道歉，反而说：“要我走可以，松了我脑门上的金箍，我就走。”

我气得跳脚：“你还提要求？走走走，我一秒钟都不想见到你！”

悟空潇洒地转身上天：“我找观音菩萨评理去！”

这猴子，居然把观音菩萨搬出来吓唬我。

观音菩萨当然是向着我的嘛！

三月十三

天气：多云　　心情：感动

我带着八戒和悟净继续西行。

没有悟空，我心里非常失落，但是一想到他大开杀戒，我就受不了。

吃过午饭，那猴子嬉皮笑脸地回来了，还提着一大包花果山的水蜜桃。

八戒和悟净十分开心，一口气消灭了一百多个桃子。

但是他俩吃完就拉肚子了，拉得面色刷白，气喘吁吁。

我断定是悟空在戏弄他们。

我说："你这猴子，在桃子里注射了泻药吗？"

"没有，没有。"他说，"你吃，你也吃！"

我才不吃有泻药的桃子。

悟空看我不吃桃子，就说我不领情，说我是狠心的秃驴，还用金箍棒将我打得眼冒金星。

迷迷糊糊中，我看见从天上跳下来另一个悟空，和送桃子来的悟空打来打去。

我昏沉沉地睡着了。

当我醒来时，天已经黑了。悟空端着晚饭候在我身边，含情脉脉地看着我。

我问："你为什么将我打晕？大逆不道！"

"我没有打你，打你的是假悟空。那孙子冒充我，想抢我们的行李。"他说，"师父放心，假悟空已经被我打死了，是一只六耳猕猴。"

"你又杀生！"我跳起来喊，"你怎么数教不改！"

"师父，是屡教不改。"悟净小声提醒我。

哦，这个成语我一直念错了，罪过！不过，再博学的人都会有念错的字。

我摆出师父的架子朝悟空摆摆手说："你走吧，谁要你回来！没有你，我们三个照样可以完成取经伟业。"

"我不走。"悟空说，"我生是师父的活徒弟，死是师父的死徒弟，我生生世世缠着你。"

哇，好感动！

这猴子！

十月初六

天气：晴朗　心情：害怕

一转眼，已经是秋天了。最美最善是秋天。

按理说该很凉爽，可是我们越走越热，连呼吸都很困难。我觉得自己快要被蒸熟了。

一打听才知道，前面八百里远处，有一座火焰山，四季都炎热无比，周围寸草不生。

“这怎么行？”我着急地说，“如果过不了火焰山，那我们怎么去西天？我怎么向世民哥哥交代？怎么向大唐的老百姓交代？怎么向观音菩萨交代？怎么向仰慕我的白姑娘、金角、银角、红孩儿、女儿国国王等等人交代？”

八戒说：“我看咱们过不去，还是分了行李解散吧。走了这么多年，也不知道什么时候才能到西天，累死我了。”

“二师兄少说几句吧，”悟净说，“咱们一路上遇到那么多困难，不都一一战胜了吗？不就是一座火焰山嘛，让大师兄去请天上的雨神下雨，把火焰山的火浇熄不就行了？”

“好主意！”我连忙吩咐悟空，“你快去请雨神下暴雨，越大越好。”

悟空双臂一环，懒懒地说：“雨神是神，既不是我同学，也不是我爸爸，怎么可能我叫他下雨他就下雨？”

“你去试试。”我说，“神都是助人为乐的，我们有难，他不会不帮。”

悟空说：“那要是我千辛万苦说服雨神下雨，灭了火焰山的火，师父可不可以帮我把脑门上的金箍摘下？这么热，金箍箍着难受死了！”

这猴子，居然跟我谈条件！

“行，”我热得直喘大气，“快去吧！”

其实我并不知道怎么摘下他的金箍，观音菩萨没教我。

悟空随即飞身上天。

过了一会儿，雷声隆隆，下起了暴雨。可怕的是，雨水并没有降低周围的热度，暴雨浇不灭火焰山的火。

我们热得快不行了，只好先后退到稍微凉快一点的地方，住进一个叫飞沙客栈的宾馆，再作打算。

悟空下来告诉我：“雨神说了，火焰山的火不怕天上的雨，只怕翠云山芭蕉洞铁扇公主的铁扇。那铁扇对着火焰山一扇熄火，二扇起风，三扇就下雨，咱们就能过去了。”

“那你快去找铁扇。”我说。

“那我找来铁扇的话，您得帮我摘下金箍。”他又说。

“知道啦！”我没好脸色。

他去了很久也没有回来。

十月初七

天气：晴朗　　心情：很好

今天早上，悟空终于回来了。

他碰了一鼻子灰。

原来，那铁扇公主是牛魔王的老婆、红孩儿的妈咪，记着我们跟红孩儿的仇，所以不愿意借扇子。

唉，我只好亲自出马。

可是，铁扇公主住的翠云山芭蕉洞在火焰山的那一边，我想找她都过不去。

要是过去了，还用找她借扇子吗？拍拍屁股往西天走不就行了？

思来想去，我决定采用最传统的方式和她沟通——写信。

世界上没有融化不了的冰。

我坚信，凭我的本事定能打动铁扇公主。

悟净为我铺开信纸，八戒为我磨好墨，我略加思索，写道：

铁扇姐姐：

您好！

小弟唐僧本想去西天取经，现在被困火焰山下，实在过不去，准备打道回府。

回去之前冒昧给您写信，并不是为了借铁扇灭火，而是为了见您一面。

大家都说您是一个美丽优雅的人，而且很有爱心，不见您的话我会抱憾终身。

今天晚上，我在火焰山东面八百里的飞沙客栈二楼唐朝包厢温酒等您，并有礼物赠送。

我会一直等，等到您来为止。

速来！

小弟唐僧

十月初七

悟空把信拿过去，转身飞上天去。

八戒说：“二楼的唐朝包厢很贵的，师父舍得包下来？”

“我才不花那冤枉钱。”我说，“悟净，快写‘唐朝包厢’四个字，贴在我们这个小房间的门上。”

八戒朝我竖起大拇指。

“您还要给铁扇公主准备礼物？”八戒好奇地问。

我说：“就是红孩儿写给我的那封信嘛！”

悟净赶紧从行李箱里把那封信找出来。

“您还说要温酒。”八戒提醒我说。

“酒太贵了，万一那铁扇公主的酒量好，喝个没完，会花掉咱们很多钱的。”我说，“你们去找些变质发酸的紫葡萄来榨成汁，再掺些醋进去。”

“那是什么东西？”八戒问。

“葡萄酒嘛！”我说。

他们急忙去准备。

一切都准备好了，就等着铁扇公主赴约了。

可是，葡萄酒做好很久，悟空送信回来很久，我发呆很久，天黑很久，还是不见铁扇公主来。

八戒和悟净到隔壁房去睡了。

悟空也出去玩儿了。

我一个人坐在窗下，守着一盏烛光和一壶假冒的葡萄酒，默默地念经，静静地等待。

不知过了多久，一阵香风吹来，朱门轻启，灯灭了，一个影子晃进来。

我的眼前一片漆黑。

我好紧张，担心自己又被妖怪掳走。

过了几秒钟，灯亮了，身着浅红色风衣的女子亭亭玉立，眉宇间透出一些沧桑感，虽然脸上有些皱纹，但还算漂亮。

看样子，她就是铁扇公主。

我们聊了起来。

她起先态度有些傲慢，但几杯葡萄酒下肚，说话就温和多了。

我给她讲红孩儿的事情，还把红孩儿写给我的信送给她。

她说看不懂。

前面说过了，那封信其实是画，画了三样东西。

最上面的是一根细长的手指，手指下面是一把大锅铲，最后是一盏油灯。

我解释说，红孩儿现在得到观音菩萨和我世民哥哥的双重关照，在大唐过得十分自由和开心。他每天吃的是用大锅铲炒出来的集各种维生素于一锅的大盘菜，所以营养很充足，手指都长长了，说明人也长高了，因此整个人就像刚刚燃起的油灯一样，充满旺盛的精力。

铁扇公主听我这么一说很高兴，自觉自愿地把扇子拿出来借给我，说取经是好事，她要助我一臂之力。

我笑得合不拢嘴。

她要是知道红孩儿在寺庙里当个小小的伙夫，大概会吃了我。

十二月初一

天气：雪　　心情：说不清楚

下雪了。

一连下了好几天，地上铺了厚厚一层雪，屋顶白了，树木白了，一切都白了。

行路很困难。

悟空提议打雪仗。

他们三个疯玩儿了起来。

我一个人堆起了雪人。

这个雪人有一张漂亮的圆脸，有一双善良的眼睛，她的手指特别细长，她的模样十分端庄。

我也不知道她是谁，反正觉得她很有气质。

过了一会儿，悟空看见我堆的雪人，走过来拍拍我的肩膀，说了一句让我脸红的话。

他说："师父，你想观音菩萨了？"

我拍拍雪人的后背，说："小孩子说话，你别当真。"

五月二十

天气：晴天　心情：怕怕

今天我们继续西行，有四个打扮时髦的姑娘从花丛中窜出来，笑吟吟地向我们赠送绿豆莲子汤。

“很好喝哟。”一个说。

“很解渴哟。”另一个说。

“很有营养哟。”再一个说。

“很享受哟。”还有一个说。

她们太热情了，让我受宠若惊。

好运要来，必遇贵人。

难道西天圣地要到了？

姑娘们是佛祖派来欢迎我们的礼仪小姐吗？

我激动万分。

“嘿嘿，给我来一碗。”八戒馋嘴的样子很可爱。

“二师兄，来路不明的东西不能吃。”悟净说。

八戒才不管，赶紧去端。

啪的一声，悟空把姑娘们手上的碗全部打碎了，绿豆莲子汤洒了她们一身，她们哇哇乱叫。

“悟空！姑娘们一片好意，你为何让她们难堪？”我又转向姑娘们说，“不好意思，我的大徒弟一向粗鲁无礼，都怪我教育无方，请你们见谅。”

她们嘻嘻笑着，消失在花丛里。

悟空说：“我觉得她们可能是蝴蝶精。”

“妖怪？”我叫起来，“怎么可能？她们那么有礼貌，气质又好，不可能是妖怪。”

正说着，忽然听到一边草丛中有嬉戏声。

我们踮起脚尖一看，发现三个姑娘正在踢球。

她们的身后，是一座漂亮的庵。

这三个姑娘跟刚刚那四个送绿豆莲子汤的姑娘是一样的好身段，一样的时髦打扮。

想必她们是姐妹。

加起来正好是七个，难道是七仙女下凡？

肚子饿了，管不了那么多。我去向姑娘们化斋饭。

姑娘们听说我们饿了，很客气地把我们领进了庵，给我们做好吃的。

这顿饭很丰盛。

吃完饭，八戒被姑娘们请去做游戏，悟净去喂马，悟空和我面对面坐着。

"师父信不信她们是妖怪？"悟空一本正经地说。

"不信。"我说，"她们看上去还是孩子，天真烂漫，无忧无虑。你的思想怎么那么复杂？一见到陌生人就怀疑是妖怪。要是别人见到你，也说你是妖怪，你生气不生气？"

"她们真的是妖怪，"悟空支着下巴说，"但是我吃不准她们是什么妖怪，有什么本事。有一点可以肯定，她们想吃您的肉。"

我不相信他的话。

过了一会儿，一个姑娘慌慌张张地走进来说，八戒玩着玩着肚子疼极了，在地上打滚。我便让悟空去把八戒抬进来。

悟空一走，屋里只剩下我一个人。

这时候，七个姑娘都跑进来，脱了上衣，双手叉腰，一个个从肚脐眼里吐出一股股丝绳，瞬间把门封住了。

我顿时吓坏了。

没等我发表疑问，她们的丝绳一股脑儿都缠向我，我瞬间就被捆住了。

然后，她们将我转移到一个隐蔽的地方——盘丝洞，一个挂满蜘蛛的恐怖世界。

她们真的是妖怪，是蜘蛛精。

可怜的我孤苦伶仃地被困在蜘蛛网中，叫天天不应，叫地地不灵。

徒儿们找不到我，一定着急了。

我又饿又渴又累，几乎要昏死过去。

但是我提醒自己，不能死去。

这种情况下，我只能想办法自救。

五月二十一

天气：晴天　　心情：惊怕转得意

我被困在了盘丝洞里。

我真的饿慌了，居然舔嘴唇上的蜘蛛网吃，咸咸的，味道还不错。

但是一想到它们是从妖怪的肚脐眼里吐出来的，我就吃不下去了。

我只能继续饿着。

我觉得自己快要死了，因为我幻想了许多美好的场景：憨笑的世民哥哥为我斟满酸奶，和我对饮高歌；美丽的观音菩萨亲手为我缝制帽子，每缝一针就笑一下；弃恶从善的白姑娘在灯下给我写信，满纸都是贴心的话；可爱的红孩儿从伙房里端出诱人的红烧臭豆腐，香得我直打喷嚏；心爱的悟空戴着浅绿色的牛仔帽，像孩童一般玩儿滑板车；傻傻的八戒握着剃须刀，趁悟净不注意，为悟净刮胡子……

人死之前，想象力极其丰富。

不行，我不能死！

我挣扎着睁开眼，看见七个蜘蛛精站在我的面前，正神气活现地望着我。

“唐僧哥哥，我们可要吃你了。你有没有意见啊？”

“有意见请发表，没有意见请保持沉默。”

“看你饿得连胡子都长出来了！”

“饿瘦了，味道更好。”

“胡子可不能吃。”

“肉好吃就行。”

“是啊是啊，肉一定好好吃。”

她们你一言我一语啰唆着。

我灵机一动，计上心来：“各位妹妹，既然胡子不好吃，不如让我自己先把胡子拔光吧，省得你们动手。”

“他想耍花招。”一个妖怪说。

“没事儿。”其他六个妖怪说。

她们挥挥衣袖，轻而易举就解开了我身上的蜘蛛网。

我费力地站在她们面前，强压住内心的恐惧，强颜欢笑道：“其实我会表演魔术。下面，我就给你们表演拔胡子的魔术。”

“魔术？”蜘蛛精们来劲儿了，“好哇，好哇！”

“请看我一瞬间拔光自己的胡子——”说着，我抬起左臂，用衣袖作掩护，右手握着剃须刀飞速地从下巴上划过。

哧哧一响，刀过须落。

“看看，下巴干净了。”我朝她们仰起脸说。

“一秒钟就拔光了所有的胡子！”

“太神奇了！”

“太帅了！”

她们喳喳叫着，兴奋不已。

“魔术其实很有趣，”我趁热打铁道，“在我们大唐，我是皇帝御用的魔术师，只要皇宫里有重大的庆典活动，我都要为宾朋表演魔术。有时候皇帝睡不着觉，我就爬到床上为他表演魔术。”

她们的劲头更大了，嚷嚷着要我再表演几个魔术。

我表演了变扑克牌、吞硬币等魔术。

她们舍不得吃我了，非要我讲出其中的奥秘。

我不讲，她们就好茶好菜招待我。

我还是不讲。

我说：“等我从西天取经回来，再把魔术的奥秘告诉你们。”

她们居然答应了。

好幼稚的蜘蛛精！

七月初二

天气：暴雨　心情：郁闷

这回悟空跟我生大气了，因为我被蜘蛛精困在盘丝洞后，很智慧、很帅地把自己解救了。

他总是因为我自救而跟我生气。

不像八戒和悟净，总是表扬我很聪明、很强大。

悟空说我应该等他去救的。

这只猴子太无礼，总想立功。

贪功者缺少理智。

的确，这只猴子往往很冲动。

但是在我内心深处，还是深深地喜欢他。

于是我拼命点头说下次一定等他救，他不来救我的话，我就是死也不会自己救自己了。

他这才罢休，拍着胸脯说一定不会让我死的，就算桃树上开梨花，就算梨树上结桃子，就算海枯石烂、天翻地覆，也不会让我死。

我发现他是世界上最啰嗦的猴子。

八月十六

天气：晴转多云　　心情：难过转欣慰

骑马太累了，马累我更累。而且骑马是露天的，我做任何小动作都会被徒儿们看见，比如挖鼻孔、唱小曲、挠痒痒、磨牙齿、翻白眼等动作，都不能做得很过瘾。

要是有一座移动的房子该多好。

房子是一个人最好的遮羞物。

今天在路上，我把要移动房子的想法跟徒儿们说了说。

悟空说："有没有搞错，骑马还嫌累？身在福中不知福。"

八戒说："要不换换吧，师父扛我的钉耙走路，我替师父骑马。"

他们这么说，我好难过。

"移动的房子就是轿子吧？咱们给师父做一顶轿子，遮阳又挡雨，多好！"还是悟净最体贴人。

"做了轿子，沙师弟一个人抬啊？"八戒嚷嚷，"俺老猪可抬不动。"

"俺老孙要探路，没工夫抬。"悟空说。

悟净叹口气，含情脉脉地望着我说："师父，您要是真觉得骑马不舒服，那我背您吧！您骑在我的背上，总比骑在马背上舒服。”

“那谁来挑行李？”我问。

悟净说：“师父由我来背，行李也由我来挑。”

我感动得热泪盈眶，拍胸脯说：“到了西天见到如来佛祖，我一定告诉他，我的三个徒弟中，悟净你是最最最最最最最孝顺的，让他封你一个大一些的官。”

“不必，不必。”悟净说，“孝顺师父是徒弟的本分。”

我听了，感到好欣慰。

八月十七

天气：阴　心情：惊喜转气愤

在悟净的死缠硬磨下，悟空和八戒终于帮忙，三个家伙连夜给我做了一辆马车，算是移动的房子。

虽然那辆马车只有八戒的腰围那么大，没有车顶，而且两个车轮也不一样大。但是，今天我醒来一看见它，就已经很惊喜、很满足了。

当时，我十分激动，心跳每秒钟有三百下。

我顾不上吃早饭就坐上马车，马儿带着马车飞跑，颠簸得很厉害，但总的来说还是很刺激。可是跑了一段路后，马车却散架了，我被狠狠地抛向树梢，挂在枝丫上。

八戒说："快看啊，挂在树上的师父多像一根腊肠！"

悟空说："更像一根鸡肉肠！"

悟净说："不像不像，师父比腊肠白一点，比鸡肉肠胖一点呢！"

我气得胸脯发胀。

要是我有魔法，一定把他们全都变成火腿肠！

生气使人肥胖。

但我还是忍不住生气。

十月二十三

天气：冷冷的大雨　　心情：非常难过

今天，在大雨滂沱中，信鸽给我送来一封信。

我最喜欢看信了。

我火急火燎地打开——字全模糊了。

我急得想哭。直觉告诉我，这封信是女儿国国王写给我的。她是我难忘的朋友。

我已七八回梦见她给我写信了！

同样的梦做过三回，便会成真。

一定是她！

她一定在信里对我说了温暖和鼓励的话，可是我什么都没看见。

我仰天长叹：“天啊，为什么雨总是在不该下的时候乱下？”

我随即给国王妹妹回信，说她写的信我压根儿没收到，请重写。

我想，她收到我的信，一定会重新给我写信的。

但愿如此！

十月二十九

天气：晴朗　　心情：不错

今天路过一个村庄，正赶上十多户人家集体搬家，敲锣打鼓好热闹。

真没想到，眼前的房子这么漂亮！依山傍水的联排别墅，有前庭带后院。这要是在大唐，只有二品以上的官员才有这样的待遇。

老百姓见到我们，起先有些好奇甚至害怕，但等我报明身份后，他们都非常热情，非要请我们参加他们的集体宴会。

一听到可以吃顿好的，徒儿们十分开心，手舞足蹈。

林子里密密地摆了十多桌酒席，男女老少热热闹闹地围坐一起。酒香菜香水果香，将我的胃熏得发酸。

我们在嘈杂的人群里坐下，好客的施主端来大碗大碗的全素食品请我们吃。

我呷了一小口新鲜的猕猴桃汁，问一旁的男施主：“这么气派的联排别墅，都是你们自己盖的吗？这得花多少钱啊？你们这里的生活水平真高呀！”

男施主笑呵呵地回答：“长老有所不知，这房子都是政府分给我们的安置房，不用花钱。”

“啊，有这么好的事情？”我深表怀疑。

“就有这么好的事情，”男施主一脸幸福地继续讲，“政府拆了我们的茅草房，把我们集中安置到这儿，让我们过全新的生活。你瞧瞧，周围配套设施齐全，前面有学校、诊所、商铺、菜市场，后面的山洞里还有剧院，山坡上有青少年活动中心，一应俱全。”

我环视四周树林里露出的一座座房屋顶，忍不住感慨：“拆迁是大事情，搞不好的话，政府就会失信于民。没想到你们这儿把拆迁户安置得这么好，比我们大唐都想得周到、做得精细，佩服，佩服啊！”

“今天长老赶上了我们一小部分人搬迁，接下来会有更多的人搬进别墅。”男施主越说越高兴，“用不了多久，这一带的居民全都会住进别墅。”

“真幸福啊！”八戒转动眼珠子说，“施主你看，我们师徒四人能不能也分个别墅住住？这一路走来太辛苦，我们也该享受享受了。”

我连忙打断八戒：“咱们只是路过这儿，要别墅做什么？”

“休几天假再赶路嘛！”八戒晃着我的胳膊说，“师父，该享受的时候就得享受，这地方多好！”

“呆子，那你就自己待在这儿吧，我们陪师父取经去。”悟空揪着八戒的猪耳朵说，“到时候我们成佛了，你还是头猪。”

“是啊，二师兄，你可要考虑清楚，不要因为贪图一时的享乐而失去成佛的机会。”悟净劝他。

八戒拱拱鼻头说：“成佛有什么稀奇的，神仙我都做过。我看，住在这山清水秀的别墅里，喝喝酒、吃吃肉、打打牌，神仙都会羡慕我。”

这头死猪，好吃懒做和贪图享乐的毛病总是改不了。

“行，”我故意拖长语调，“为师答应你。八戒，那你就在这别墅里风风光光地住下吧，我带着你大师兄和沙师弟继续往灵山圣地赶。”

说完，我对悟空和悟净使了个眼色。

我们把八戒留下了。

十一月二十

天气：晴好　心情：给力

怎么说呢，笑死我了。今天，八戒追上我们了。

他在别墅里享受了半个多月，每天吃好喝好，还跟乡亲们种菜、搓麻将，可就是没有变胖，反而减掉三十公斤肉。问他为什么没变胖，他说每晚失眠，想我、想悟空、想悟净，还想这一路上复杂的经历。

这不，最后他下定决心追我们来了。

我搂着他可爱的猪脸说："回来就好，为师就知道你会回来的。"

悟空和悟净也都喜极而泣。

一家人总算团聚了。

悟空抹抹眼泪说："八戒，以后不可以再掉队了，你不知道师父多想你。"

"是啊，师父想你想得都快得精神病了。"悟净说。

奇怪，他俩怎么知道我非常非常想念八戒？我没告诉他们呀。

八戒受宠若惊，一个劲儿往我怀里钻："师父，您想我？有多想我，多想我啊？"

我否认："你这么贪吃、贪睡、贪图享乐，还一度将我们抛弃，自己一个人留在别墅里过小康日子，我怎么会想你？讨厌你还来不及。"

悟空忙说："您这么大岁数了，还说假话。想就是想，别不好意思说。"

"就是，"悟净笑着说，"师父，八戒不在的日子里，您每夜都说梦话，叽里呱啦地喊八戒的名字。"

"啊？"我脱下帽子摸脑门，"不会啊，我做梦从来都是开静音的。"

"别抵赖，我也听见了。"悟空说。

我撇撇嘴说："那我怎么说的呀？"

悟空捂着嘴巴呵呵笑，笑了好一会儿才说："师父的梦话是'好你这头肉猪，只知道自己吃喝，也不捎点儿给我！'"

我的脸顿时红了。

世界上最真的话是梦话。

难道在我的内心深处，也有那么一点儿贪吃贪喝的小念头？

正月初一

天气：大晴天　心情：喜洋洋

今天是大年初一，大吉大利。

我终于收到女儿国国王的回信了。

她说她的确给我写过信，是托信鸽带给我的。

我欣喜万分。

这么说我的直觉是对的，那封被雨水冲得模糊的信真是她写的。

国王妹妹在信里不断鼓励我，要我克服千辛万苦取得真经，实现自己的理想。到时候，她会在女儿国为我举办盛大的庆祝宴会。

我好感动，好高兴，亲自搭灶下厨，做了很多好吃的，跟徒儿们分享。

这大过年的，真好！

正月十五

天气：小风刮刮　心情：害怕转开心

今天，我们又遇到妖怪了，好险，好刺激。

我们师徒四人路经高高的青龙山，看见山下有人在卖风筝，摊前蹲着两个男施主，正兴致勃勃地挑选风筝。八戒很幼稚，嚷嚷着要买一个风筝。

今天是元宵节，大家都很开心嘛，我就掏钱让他去买。结果悟空和悟净嚷嚷着也要，我不能偏心，只好再掏钱，让他们都去买。

三个家伙撅着屁股在摊位上挑选风筝，我一个人留在原处。

我看看四周，山高路陡，觉得有点奇怪，这前不着村后不着店的地方，怎么会有人在此卖风筝？难道是妖怪要算计我？

我刚想把徒儿们喊回来，便看见一只小船从林子里横空出世，近了我才注意到，这不是船，而是一只巨大的牛角，一头尖，一头钝。

没等我反应过来，牛角将我整个儿举起来掳走，我稀里糊涂地被送入了林中。

神色慌乱中，我看见自己被带入一个叫做玄英洞的大山洞里。

我刚被放下，周围就冲过来一帮羊头人身和牛头人身的家伙，有的舔我的衣服，有的抓我的帽子，就像一伙饿了三天的老鼠看见一只白白胖胖的甘薯一样。

我被他们玩弄得直作呕，但还是强作镇定。

徒儿们都上了妖怪的当，把师父弄丢了。但愿他们没事，别让妖怪把我们的取经队伍一锅端了。

隔了好一会儿，有笑声传来，小妖怪们才都从我身边散去。

我的眼前顿时出现了三个高大的人影，却分别长着红色、黄色和蓝色的犀牛头。不用多想，肯定是犀牛精。

“唐朝和尚，你可知道我们三兄弟的名号？”红头犀牛精问。

“你可知道我们为何把你寻来？”黄头犀牛精又问。

“你可知道今天你进得来就出不去了！”蓝头犀牛精更嚣张，“哈哈哈，看你憨得像头羊羔。”

他们在我面前坐下，拿我当犯人。

面对如此猖狂的妖怪，我只有暂时保持沉默，因为我知道，有时候沉默的力量巨大无比，可以显得我高深莫测、神秘无边。

“唐僧，你为什么不说话？”蓝头犀牛精性子有些急，“你聋了还是哑了？”

我还是缄默。

三个妖精奈何不了我，便自顾自地喝酒、吃果子。

在他们断断续续的交谈中，我得知他们是千年犀牛精，红头的叫辟寒大王，蓝头的叫辟暑大王，黄头的叫辟尘大王。

我正思量着怎么靠自己的幽默和智慧营救自己，蚊子出现了。

落难的时候，我只要一看见蚊子，就会想到是悟空变的。

“悟空，”我试探地问道，“是你吗？”

蚊子在我耳边嗡嗡，小声回答：“师父，是俺老孙。”

“八戒和悟净都没事吧？”我赶紧打探。

“你前脚刚被妖怪掳走，他俩后脚跟着也被掳走了。我侦察过了，他们被关在隔壁的一个小山洞里。今天晚上，妖怪要把你们三个一起煮了吃。”

“啊？”我的心乱了，“可怜的八戒和悟净。悟空，快想想办法救师父出去吧。”

蚊子在我头顶盘旋了两圈，对我说：“师父，这三只犀牛精特别爱干净，最喜欢洗澡，你想办法引他们到山洞对面林子的湖里洗澡，我在那儿设下埋伏，一举将他们消灭。”

引妖怪去洗澡？我好像没那么大本事吧，于是担心地问：“如果无论我怎么引导，三只犀牛精就是不出洞去洗澡，后果如何?"

"后果很严重。"蚊子说。

我吸口气,给自己鼓劲:"明白了。"

蚊子无声地消失了。

我瞅瞅左右,在一张石凳上坐下,主动跟三个妖怪打招呼:"三位先生,刚刚我没有回答你们的问题,是因为观音菩萨附身。菩萨附身时,是不可以讲话的。"

"瞎说,观音菩萨怎么会附在你身上?"他们不相信。

我抬起脚拍拍布鞋上的尘土,很悠闲地说:"观音菩萨跟我交情很深。当年,就是受了她的怂恿,哦不对,是受了她的指点,我才决定西去取经。可以说,她是我的老师。呵呵,不瞒你们说,我脚上这双布鞋就是她送的,逢雨防湿,逢火防烧,怎么穿都不会破。"

"有这么好的布鞋?"

三个妖怪来劲儿了,一齐跑到我跟前,手忙脚乱地脱下我的布鞋。

用水浸、用火烧、用石锤敲、用嘴巴啃咬。

他们动真格啦,我是随便说的呀!

我擦擦额头上的汗水,心一阵阵狂跳。

等他们抢累了,我才说:"观音菩萨送我的布鞋,你们也敢穿?就不怕菩萨在上面施了法术,收了你们?"

听我这么说,他们赶紧扔下布鞋。

我把布鞋重新穿在脚上，定定神，跟他们聊天："你们认识观音菩萨吗？"

"只在画上瞟过一眼。"

"不敢仔细看。"

"看了心慌。"

"我可以介绍你们认识。"我说。

三个妖怪你看看我，我看看你，齐声问我："怎么可能？

我们是妖怪。”

“只要你们向妖界辞职，从此不做伤天害理、损人利己的事情，我就可以介绍观音菩萨跟你们认识。当然，损人不利己的事情也不能做。总之只能做善事，不能行恶。”我动员道。

红头犀牛精咂咂嘴说：“无聊，谁稀罕认识她！”

“大哥，这不无聊。”蓝头犀牛精很识时务，“我听说，这观音菩萨是如来佛的女弟子，不仅本事了得，而且后台够硬。咱们要是跟她沾了边，以后办事不就更方便了？”

“是啊，大哥，这对咱们有益无害。”黄头犀牛精附和。

红头犀牛精闭上眼睛略加思索，然后说：“好吧，咱们就跟着唐僧认识认识观音菩萨。唐僧，你去把观音菩萨叫过来，我们备好酒菜，等着就是了。”

我忙说：“菩萨爱干净，女菩萨就更爱干净了，观音菩萨有洁癖。我看，你们三个都先去洗个澡，然后抹上点儿润肤露和香水什么的，再进山洞等菩萨。”

“她爱干净？她有洁癖？哈哈哈，难道比我们三兄弟还爱干净？”红头犀牛精摆摆手说，“二弟、三弟，咱们洗澡去。唐僧，你赶紧去请观音菩萨过来。”

说完，三个妖怪排着队出了山洞。

半炷香的工夫，悟空闯进洞来带我走，表情既兴奋又幸福：“师父，您没瞧见，那三只犀牛精刚脱了衣裳扑腾到水里，就被我控制住了，现在还在湖里待着呢。”

我赶紧去看。

呀！三只犀牛精全都被悟空点了定身术，像木桩似的定在湖里，光着的脊背变得通红通红的。

“阿弥陀佛。”我叹口气，“罪过，罪过。虽然他们是妖怪，但这样对他们，还是太残忍了。悟空，快快将他们放了，让他们穿上衣裳，从此行善去吧。”

悟空不乐意：“师父就不怕他们再算计你？”

“不怕。”我说。

八戒急急忙忙赶过来说：“不能放，不能放，让俺老猪下去把他们当牛骑，泄泄我的愤。”

“你省省吧。”悟空说，“我在湖里撒了辣椒粉和芥末粉，你受得了？再说，我还在湖里撒了尿。”

八戒和悟净听了哈哈大笑。

“悟空，”我教育他说，“这就是你的不对了，小学生的恶作剧你也玩儿？有失我大唐高僧的身份。快把他们放了。”

悟空站着不动。

“我念紧箍咒了。”我吓唬他。

他不敢不从，只得乖乖放了三只犀牛精。

三只犀牛精狼狈地从湖里爬起来，扑通一声跪在我跟前，一个劲儿地磕头道谢。

我乐了，一想到今天是元宵节，就从怀里掏出三个红包给他们："新年快乐。"

我这是以德报怨，让他们羞愧得无地自容，感动得一塌糊涂。

三只犀牛精说什么也不肯收下红包，只求我介绍观音菩萨给他们认识。我说，只要他们从此弃恶从善，我一定请菩萨来看望并指点他们。

善得善报，积小善，得大善。

只要一直一直做好事，天大的好事就会轮到你，我是这样认为的。

三月二十三

天气：阴　　心情：悠闲转气愤

今天，我们到了舍卫国的金禅寺。

啊哈，离雷音寺只有两千多里路了，好开心！我们可以放慢脚步悠闲地走了。

晚饭过后，八戒提议斗地主，我不愿意。

悟空提议打乒乓球，我也不愿意。

悟净提议喝茶吟诗，我很乐意，要他们每人吟一首诗，再喝一碗茶。

悟空说不会吟诗，就溜了。

八戒说不喜欢吟诗，也溜了。

剩下我和悟净相视而坐。

我们一小口一小口地喝茶，然后风度翩翩地吟诗。

“取经四人行，行路多磨难。难也不回头，一心只向佛。”我先吟诗一首。

“山山又水水，日日又年年，吵吵又打打，欢欢又喜喜。”悟净说。

诗能净化人。

我同意。

正当我们陶醉其中，感觉很惬意的时候，门外突然传来年轻姑娘轻轻的哭声。

“好个八戒，一定是他惹女施主生气了。”我说。

“会不会是妖怪？”悟净问。

我紧张起来：“你去看看。”

悟净刚想动身，悟空和八戒就领着一个姑娘进来了。

“你们怎么可以把姑娘领到我们房里？太不像话了！”我说。

说归说，我还是很同情姑娘的，因为她看上去很伤心。

她哭着告诉我们，她是天竺国的公主。一年前的今天，一阵大风把她刮到这儿，现在她住在金禅寺的小屋里，很想念爸爸妈妈，很想回去。

我想了想，说：“这样吧，我们明天正好要去天竺国，你女扮男装跟我们一起上路，我们送你回去。”

“不行啊，”她眼泪汪汪地说，“听说有个妖怪变成了我的模样，跟我父王和母后朝夕相处，明天还要在大街上抛绣球选驸马呢！我父王和母后根本就不知道她是假公主。”

“岂有此理！”我气愤地说，“这件事情我管定了，明天你就跟着我们上路！”

三月二十四

天气：晴朗　　心情：忐忑

我们亲切地管天竺国公主叫阿妹。

今天，阿妹女扮男装跟我们上路了。

这样一来，我们的取经队伍看上去更壮大了，有五个人，创历史最高纪录。

午饭前，我们到了天竺国。

街上很热闹，处处张灯结彩。假公主花枝招展地站在楼上，一眼就从人群中找到了我，朝我抛下绣球。不偏不倚，绣球刚好击中了我的脑门。

缘分一到，火箭炮都轰不跑。

我跟假公主有缘？笑话。

国王请我进皇宫。

可恶的是，假公主不允许徒儿们跟我一起去皇宫，说他们长相丑陋，看了吃不下饭。

悟空对我说："师父安心留在天竺国做驸马，取经的事交给我们吧。"

"是啊是啊，师父劳累了这么多年，也该好好享清福了。"悟净说。

八戒抱着我说："俺老猪留下来陪您吧，好吗？"

他的大鼻孔里喷出来的异味儿差点让我窒息，真让我受不了。

不要说我不会留下来，即使真留下来做驸马，也不需要八戒陪。

阿妹呢，看到假公主跟她的父王相亲相爱的样子，忍不住躲在墙角里以泪洗面。

我被带进了皇宫。

还别说，这个假公主跟阿妹真是一模一样。

看来，这个妖怪的法术不低啊！

不过我一定会想办法让阿妹回来的。

没想到假公主特别着急，当晚就要和我举行婚礼。

我有些措手不及。

大红喜字贴出来了，大红灯笼也挂起来了，乐师眉飞色舞地演奏欢快的曲子，舞娘大大方方地舞动美丽的身姿，我们的婚礼在皇宫的草坪上举行。

按照天竺国的习俗，新郎要把新娘从房间里背到举办婚礼的地方。

那怎么行呢！

正在我思量对策的时候，一只蚊子突然飞到我眼前跟我说话。

"师父，我是悟空。您的婚礼看上去很豪华嘛！"

我连忙说："闭嘴。交给你一个任务，火速变成新娘。"

"可以。"悟空说完，也变成公主的模样。

我背上悟空变的新娘，到草坪上举行婚礼。

假公主还在房里等我去背呢！哈哈！

我跟悟空变的公主已经开始跳新郎新娘舞了，假公主突然冒出来，对悟空变的公主拳脚相加。

场面顿时变得混乱起来。

悟空机智地躲闪着，拿出金箍棒朝假公主劈下去。

假公主斗不过他，只好逃走，居然逃到我怀里来。

我吓得六神无主。

悟空紧紧抓住假公主的长辫子，喊道："妖怪，还不快现出原形！"

"不要置我于死地，咱俩认识呢！"妖怪说，"大圣，我是月宫里的玉兔，你当年到月宫还抱过我呢！"

悟空一走神，妖怪溜了。

他想追，我说算了，看在嫦娥的面子上不要追了。

悟空说那怎么行，要是她再冒充别人怎么办？

这时嫦娥仙子来了，妖怪现出原形，真的是一只雪白的兔子。

嫦娥一句话都不说，抱着玉兔就回天宫。

我还是第一次见到嫦娥，好激动。

没想到她架子那么大，看都不看我。

八戒不知从哪儿冒出来，追着嫦娥喊：“嫦娥，你看看我是谁！我是天蓬元帅，你的老朋友啊！”

嫦娥才不理他。

妖怪走了，阿妹才敢出来。

国王这才知道，原来与他相处了一年的公主竟是个玉兔精。

一家人终于团聚了。

婚礼当然取消啦。

晚宴上国王太客气，一个劲儿敬我们饮料。我以为是红糖水，多喝点没问题，没想到一喝完就拉肚子，一打听才知道那是可乐。

什么怪东西！不过口感还不错。

看来，我只能在天竺国多住几天，等养好了身体再走。

四月二十五

天气：时不时地下雨　　心情：激动

今天天气不好，徒儿们说歇歇吧，反正就快到西天了。

我们坐在一个茶馆里打发时间。

一想到就快完成取经伟业，我的心就激动起来。

“大家说说，取得真经后，最想感谢的人是谁？”我问。

悟空说：“要感谢的人很多，最感谢师父。如果没有师父，那么我还在五指山下压着呢，不可能修成正果！”

悟净也说：“我要感谢的也是师父。师父像爸爸一样慈祥，像妈妈一样温柔，像哥哥一样和我们一起玩儿，像弟弟一样活泼可爱。”

悟空和八戒都忍不住吼吼吼地笑。

“你呢？”我问八戒，“你最想感谢的人是谁？”

八戒挠挠鼻头说：“第一感谢我自己，走了这么多年，我吃了多少苦，能坚持下来真是个奇迹，所以我要感谢我自己。第二感谢的是师父。”

这头猪，居然把我放第二。

“那取得真经后，你们最想做的事情是什么？”我又问。

“给嫦娥打个电话，告诉她这个喜讯；给高老庄发个电子邮件,告诉他们这个好消息;然后找个酒店好好吃一顿,睡一觉。"八戒说。

"我最想做的事情还是跟在师父身边,照顾师父。"悟净说。

我听了好感动。

悟空说:"取得真经后,我最想做的事情是斩尽天下所有妖魔。"

哇,好有抱负!不愧是齐天大圣。

我对他们说:"我最想做的事情,是回到大唐世民哥哥身边,诉说我一路西行的见闻,然后给大唐的老百姓讲大乘教法,提高他们的思想觉悟,使大唐变成最文明的国度。"

其实,还有一件事情我最想做,那就是给女儿国的国王写一封信,让她高兴高兴。

哦,还有一件事情,就是请观音菩萨喝一杯咖啡,谢谢她一次次开后门帮我。

呵呵,这个不能告诉徒儿们。

五月初一

天气：蓝天下镶有朵朵祥云　心情：激动万分

到了。

终于到了。

历尽十四年千辛万苦，我们终于到了日思夜想的灵山圣地。

这一刻，草是香的，水是甜的，土拨鼠是漂亮的。

这一刻，所有的汗水，所有的泪水，所有的辛劳，都有了回报。

这一刻，我觉得我们是世界上最幸福的和尚。

我们沐花瓣浴，穿上最华丽的衣服，擦上最高档的护肤品，涂上最亮丽的唇彩。

不是我们爱美，化妆是出于对佛祖的敬重。

“走吧，”我昂首挺胸地说，“徒儿们，我们真正要帅的时候到了。”

我们手挽手，踏上圣土……

经典语录

好和尚总是成人之美。

富贵如浮云。

苍生难渡。

前生五百次的凝眸，才能换取今生一次的擦肩。

做人要淡定，淡定才能成大器。

切不可以貌取人。

出家人要有善根，不可伤人性命。

人有八万四千种烦恼，可以归为贪嗔痴三种，最后可以浓缩为痴，痴是指无知，这是人生中最大的愚蠢。

忏悔无用。

每个人生来都结有善根。

生气伤元气，生大气伤大元气。

谁会遇见谁，前世早有安排，一切都是缘。

越是激动，越不能激动。

毒花最美，毒果最甜。

前世一百零八年的相守，才能换取今生携手相遇一场绵长的细雨。

被误解的心，会越长越老。

谨慎细心方能免灾消灾。

惊喜过了分就是炸药。

世上最难教化的是人心，而非妖心。

见人有难若能及时相助，是莫大的功德。

金银虽好，不如庙宇坚牢。

幸与不幸，是同来同去的。

给别人帮助你的机会，你们会更加相爱。

你的身体上要长出什么来，是前世就注定的，今生无法更改。

一切恶缘生于贪念。

助人即助己。

忘我者，天不忘。

任何吉凶都是有预兆的。

出远门的时候，钱要分开放。

两个男子之间若要战争，赢的必定是聪明的那个。

世界没有末日，世界的每一日都是崭新的开始。

唇红齿白，衣衫齐整，有礼有节，方显大度。

救人于危难之中，自己日后即使逢凶也会化吉。

明知道一件不好的事即将发生，却不设法阻止，是大过。

天下的和尚是一家人，亲如兄弟。

当你看见一模一样的自己就在跟前时，请不要惊慌，那是五百年前你种下的缘，结出的果。

多食者肚大，肚大者气量大。

缘来守缘，缘去惜缘。

有童心的人即便身体老去死去，灵魂也还会自由生活。

奖励是最好的鼓励。

近妖者妖，近魔者魔。

追逐快乐的时候，暂时忘记自己的身份、年龄，只要不忘自己是个人。

出家人戒说谎，但为善而说的谎言，可以谅解。

真经难取，知音难求。

心心相惜，暖暖如流。

下雨就是天在说话，小雨是低声细语、娓娓而谈，大雨是口若悬河、侃侃而谈，冰雹是妙语连珠、出口伤人。

赌博使人大脑混沌。

对“救命”之声充耳不闻者，必遭报应。

穿湿衣会得抑郁症。

人呆时记性最好。

绝食者，不出七日，衰竭而亡。

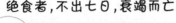

男人两条腿走路，方可至千里万里。

心诚则灵。

良地若渴，颗粒无收。

生而知道养，方可生生不息。

顺自然者添岁。

保持一颗警惕的心，才能避免少受伤害。

勤理发，智慧多。

受人尊重是一种妙极了的心理体验。

一切天象都值得尊重和赞美。

成功者之所以成功，是因为懂得待机而动。

人都有私密，无私密不成人。

灵物成仙，仙物显灵。

懂得珍惜的人才配拥有。

人可以缺少衣服，可以缺少鞋子，但不可以缺少歌声。

重病来，天塌地陷。

世上最深情的两个字，是感谢。

一切随缘。

再强的妖怪也有致命点。

分手在雨天，情谊永缠绵。

挑吃者可恶。

天下之路天下人走。

爱别人就是爱自己。

浪费就是触犯天条。

最美最善是秋天。

世界上没有融化不了的冰。

地震是地神在伸懒腰。

有得必有失。

登山无路，天要留人。

好运要来，必遇贵人。

人死之前，想象力极其丰富。

贪功者缺少理智。

房子是一个人最好的遮羞物。

生气使人肥胖。

同样的梦做过三回，便会成真。

万事不强求，得善果。

世界上最真的话是梦话。

善得善报，积小善，得大善。

最难懂是妇人心。

诗能净化人。

缘分一到，火箭炮都轰不跑。

图书在版编目（CIP）数据

天下无妖：唐僧的私密日记 / 徐玲著. —太原 : 希望出版社,2012.5（2022.9 重印）

ISBN 978-7-5379-5728-1

Ⅰ. ①天… Ⅱ. ①徐… Ⅲ. ①日记体小说–中国–当代 Ⅳ. ①I247.5

中国版本图书馆 CIP 数据核字(2012)第 062415 号

天下无妖

唐僧的私密日记

徐 玲 著

出 版 人	王 琦	**顾 问**	刘新球
责任编辑	翟丽莎	**美术编辑**	王 蕾
复 审	扆源雪	**终 审**	杨建云

出 版：	山西出版传媒集团·希望出版社	**邮 编**：	030012
地 址：	太原市建设南路 21 号	**印 刷**：	北京一鑫印务有限责任公司
开 本：	890mm × 1240mm 1/32	**版 次**：	2012 年 6 月第 1 版
印 张：	8	**印 次**：	2022 年 9 月第 2 次印刷
插 页：	2	**印 数**：	10001—13000 册
定 价：	38.00 元	**标准书号**：	ISBN 978-7-5379-5728-1